Nadia

COLLECTION FOLIO

Jean-Noël Pancrazi

Les quartiers d'hiver

Gallimard

Jean-Noël Pancrazi est né en 1949. Il a déjà publié quatre romans et collabore au *Monde*.

à W. A.

Peut-être n'est-ce que cela, la jeunesse :
aimer à jamais les sens et ne pas s'en repentir.

Sandro Penna

I

J'avais accompagné Eduardo, à neuf heures, à la gare d'Austerlitz. Il neigeait depuis l'hôpital Saint-Joseph où j'étais allé le chercher. De lents tourbillons de flocons — ces « âmes fondues », comme il les appelait — s'éteignaient en atteignant le bord des trottoirs. Je le revoyais, dans la pénombre du quai, ballotté par le vent glacé, près de sa mère qui serrait les courroies de son cabas entre ses doigts entaillés par les lamelles d'osier des paniers que, malgré sa vieillesse, elle continuait à tresser dans un atelier de Zamora. Elle évitait de me regarder, murée dans son silence et presque hostile comme si elle ne me pardonnait pas d'être l'un de ceux qui avaient entraîné son fils dans la débandade des nuits blanches où il s'était perdu.

Il tenait à peine debout dans son manteau noir — de « gardien de taureaux », plaisantait-il avant — qui bâillait sur ses épaules anguleuses, prêtes à se casser sous un excès de neige. Elles qui, un an auparavant, supportaient le poids des brancards de la Vierge de Santa Clara, immergée dans ses brocarts cousus de pierreries : tout au long du jour des Cendres, il la conduisait, avec les compagnons de sa confrérie, du couvent de la haute ville jusqu'aux escaliers du fleuve. Malgré la profondeur des cernes qui atteignaient le haut de ses pommettes où la peau, laminée par les fièvres, semblait un voile mat posé sur les os du visage, ses yeux brillaient encore des lumières de Paris qu'il avait traversé pour la dernière fois. Il les avait fixées comme pour en emporter les reflets dans les rues aux couleurs éteintes de son village natal : les guirlandes de Noël qui restaient illuminées au-dessus des boulevards ; les lampadaires du pont Alexandre-III sous lesquels miroitaient les nervures de bronze givré de la ronde des amours et des chevaux ailés ; le scintillement d'acier des courants de la Seine ; la brume laiteuse des Tuileries où, pas plus tard que l'été dernier, nous marchions côte à côte, à la sortie de L'Illusion, décidés à embrasser au petit matin — au cours d'une de ces crises de pureté dont nous nous amusions à être dupes — la sagesse des sentiments, les vertus de l'abstinence et l'ordre des devoirs que nous saurions imposer à notre nature fuyante.

« Tu leur diras que je suis bien parti... Surtout à Auguste... », murmurait-il tandis que je l'aidais à s'étendre sur la couchette inférieure, avant d'ajouter, sur un ton de désinvolture épuisée et d'adieu qui se voulait moqueur à tous les bonheurs manqués qu'il n'était plus temps de rattraper : « Je prends mes quartiers d'hiver... » Il éloignait la couverture dont je m'apprêtais à l'envelopper ; il voulait simplement garder, entre ses mains de cire, l'écharpe bleu roi, aux rayures blanches, qu'il aimait — lorsqu'il arrivait au Vagabond avec un air de bravade — regarder se déployer dans le ciel des miroirs. « Je viendrai te voir au printemps... », lui dis-je. Il eut une expression de soupçon triste puis l'interrogation inquiète qu'il atténuait aussitôt par un sourire d'espoir pour ne pas me décourager et me prouver qu'il croyait encore aux beaux jours. « Il faut que tu assistes, une fois, aux courses de Peñafiel... Ça te plaira, j'en suis sûr... » Il allait insister pour que je lui promette de venir mais ses yeux se fermaient, puis ses lèvres. Je souhaitais qu'il s'endormît avant le départ du train qu'il avait si souvent pris pour rejoindre, au début de l'été, le soleil et les rochers blonds de Sitges, et qui, aujourd'hui, l'emportait pour un voyage sans retour. Ils mirent longtemps à disparaître dans la nuit, les signaux rouges du convoi : les dernières lueurs de ma jeunesse s'évanouissaient à l'horizon des rails en me laissant un goût de suie glacée.

Je longeai, en sortant de la gare, les jardins de Notre-Dame où il aimait s'aventurer après avoir dîné chez Narcisse, les soirs de congé. Il lançait ses bras en avant — dans un mouvement spontané dont on ne savait jamais s'il était au bord de la chute ou de l'étreinte — vers le premier inconnu qu'il croisait et pour lequel je le voyais déjà s'enflammer. J'apercevais, ce soir, de rares silhouettes rôdant sous les ailes de pierre qui, seules, émergeaient de la cathédrale emportée par la brume froide. Tout, en eux, respirait la débâcle. Avec leurs uniformes périmés — les bonnets de laine de lutins prématurément vieillis, les blousons de cuir fané, le bracelet au poignet droit dont la neige achèverait de rouiller les clous de métal —, ils semblaient des soldats vaincus errant à l'ombre des murailles d'une cité dont ils oubliaient même qu'ils avaient eu, un jour, le désir de la conquérir — quand, dans la liesse des soirs d'été, venant de bals improvisés sur le quai de la Tournelle, ils déferlaient en bandes victorieuses dans le square et s'imaginaient pouvoir étendre à la ville entière l'empire de leurs amours. Mais le Paris de nos plaisirs s'était amenuisé comme une peau de chagrin et la neige ne berçait plus — comme dans les hivers anciens — l'espérance d'un autre qui nous tendrait la main en nous assurant le havre d'une tendresse presque maternelle que chacun avait cherché à retrouver, glanant des bribes de repos au hasard des aubes, des leurres d'unions dans les promenades obscures au bord du fleuve ou la profondeur des alcôves de velours de L'Heure Bleue, rue des Anglais.

Pour ne pas continuer à marcher en imaginant sans fin le corps d'Eduardo qui suffoquait dans la nuit du wagon et en attendant l'heure d'ouverture du Vagabond — le seul des bars de Paris où il était encore possible de trouver un peu de chaleur et d'entraide —, je décidai de monter dans l'appartement de la rue des Ecouffes où Thierry Somperac donnait une fête pour célébrer l'acquisition de nouveaux tableaux. « Un Fassianos... Un De Kooning... », avait-il martelé en me conduisant dès mon arrivée devant les toiles, possédé par une frénésie de « chic » — c'était son mot fétiche — d'autant plus exacerbée qu'elle voulait masquer son désir de revanche sur les années de dénuement et d'humiliation quand, vingt ans auparavant, je le rencontrais, suppliant ses clients éventuels sous les arcades de la Comédie-Française ou à l'angle du Royal-Opéra ; il finissait par les effrayer tant il leur agrippait le bras avec une force désemparée, en leur criant un prix qui baissait de trottoir en trottoir avant qu'il n'acceptât de s'offrir pour presque rien : une poignée de pièces.

Des applaudissements saluaient l'afflux de très hautes flammes dans la cheminée du salon. Rolande de Morgièvre exécutait son numéro habituel : tout en saisissant, de ses doigts habités d'une grâce nerveuse, les cabochons dont était tissé le corsage de sa robe en lamé noir et en accompagnant chaque vers d'une ondulation calculée de ses cheveux, elle récitait, sur un ton faussement étourdi qui trahissait son regret de n'avoir jamais réussi à devenir comédienne, une fable de La Fontaine. Elle savait son succès assuré. D'ailleurs, pour l'écouter, certains se détachaient du groupe réuni autour d'Elise de La Genardière. Elle leur proposait là-bas, d'une voix que l'ivresse rendait encore plus rauque, un voyage en Bohême. Ils accueillaient son souhait du bout des lèvres car ils n'accordaient plus guère de crédit à ses projets : elle avait l'habitude de les annuler la veille même du départ, prétextant un malaise de son père, un déjeuner capital avec un éditeur ou l'acquisition d'un meuble rare qu'elle désirait depuis longtemps et qu'on venait de lui signaler dans le catalogue des ventes de la salle Drouot. Rolande de Morgièvre n'avait pas tout à fait réussi à voler la vedette à un pseudo-correspondant de guerre de *La Stampa* qui — davantage habitué à fouler la moquette des salons que les terrains de combats — déclinait ses exploits présumés dans les montagnes libanaises ou la jungle costaricaine. Il prétendait avoir découvert — dans sa traversée d'une forêt qui brûlait — une caisse pleine de documents secrets « d'une importance capitale pour l'axe Nord-Sud ». Il restait mystérieux sur l'emploi qu'il en avait fait et suscitait l'admiration des femmes qui, étendues autour de lui sur les divans, adoptaient la posture voluptueuse d'héroïnes coloniales, éprises de récits d'exploits militaires et avides de grand large. L'une d'elles lançait : « C'est le genre d'hommes comme vous qu'il nous faut pour aérer tout cela... » en me demandant de loin — comme si elle étouffait sous un excès d'artifice — d'ouvrir la fenêtre.

J'écoutais le frôlement de la neige qui avait des battements d'ailes de cygne désorienté en touchant les îlots de mousse noire au bord de la corniche et j'aimais voir blanchir le ciel de Paris devenu celui d'un désert polaire où résonnaient seulement les voix de passants surpris par la tourmente dans la rue des Rosiers. La neige, oui, la neige, me disais-je tout bas, la neige sur les jardins de Paris, les plaines de Normandie et les plages de l'Océan qu'Eduardo aurait voulu revoir. Alors, comme arrivant des extrémités du monde, me sont apparus les visages — sans traits ni regard — de ceux qui avaient disparu dans les derniers mois. Tels des voleurs badins, grisés par leur vagabondage à travers les toits et les verrières, ils venaient glisser, tour à tour, sur la corniche. Lorsqu'ils me tendaient la main pour que je les retienne, ils avaient une expression de léger reproche, puis de pardon — que je ne tente pas de les reconnaître. Ils tombaient, tranquilles et sans un cri, en me laissant le cœur étreint d'un calme amer.

En d'autres temps, j'aurais pu les recueillir dans le silence de cloître des nuits fermées sur elles-mêmes, et où, loin de la rumeur des fêtes d'hiver, j'écrivais jusqu'à l'aurore. Mais, tenaillé par une urgence de vivre qui me faisait prendre un goût affolé, une saveur panique à l'existence, j'avais perdu le désir d'écrire. Je cherchais en vain, dans le défilé des jours éteints, ce qui me ramènerait les frissons de jouissance douloureuse que j'aimais tant reconnaître quand j'allumais la lampe sur la table de travail — attendant que montât du fond de la nuit cette clarté qui me donnait l'illusion que je voyais tout, du monde : les âmes perdues, les îles, les prés et les maisons d'enfance. Les jours de trêve — où il me semblait que revenait un peu du désir de créer —, je ne parvenais à tracer sur les feuilles que quelques signes, des mots atrophiés pareils, dans le ciel des pages nues, aux étoiles anonymes qui mouraient de vieillesse en se recroquevillant sur elles-mêmes. Elles rabattaient leurs branches, qui avaient cessé de briller, sur leur cœur et, résignées à ce qu'il y eût aussi un automne des astres, se désintégraient dans le vide. Elles ne laissaient après elles qu'une poussière d'atomes où personne ne se souciait de déceler le sillage d'une galaxie défunte.

Thierry Somperac venait refermer la fenêtre avant de me prendre la main en signe de vieille amitié. Il aimerait retourner au Vagabond — me disait-il : c'était là que nous avions fait nos premiers pas, n'est-ce pas ? Il n'y était pas allé depuis si longtemps ; tant de choses s'étaient passées — ajoutait-il. Il y avait un soupçon de regret dans sa voix tandis qu'il me raccompagnait à travers le salon en demandant au serviteur, loué pour la soirée, de veiller à ce que le feu ne s'éteignît pas : l'éclat des flammes devait rehausser les incrustations d'or et d'argent de sa collection de calices dans les armoires vitrées autour desquelles tournaient Elise et ses amies, les lèvres frémissant d'extase comme si elles se découvraient soudain en mal d'eucharistie.

II

Je demandai au taxi de m'arrêter à l'angle de la rue Thérèse dont j'aimais me rappeler qu'elle s'était appelée la rue du Hasard à l'époque où elle se ramenait à un chemin qui montait vers les maisons de jeu de la butte aux Moulins. Je voulais respirer un peu d'air glacé et voir tourbillonner les flocons sur les quelques mètres du trottoir me séparant du Vagabond dont la porte laquée de rouge luisait sous les reflets des néons du Mikado qu'on venait de construire, en face, à la place des Ephèbes. J'avais toujours aimé écouter le timbre légèrement éraillé de la sonnette, le déclic du loquet du judas qui s'entrouvrait, avant de deviner le regard inquisiteur du portier Felix embusqué derrière le lacis de métal doré. Je connaîtrais toujours l'appréhension de cette poignée de secondes où il tardait à vous ouvrir pour bien vous faire mesurer le privilège qui, une fois de plus, vous était accordé. Le même vertige de griserie anxieuse vous saisissait, une fois entré dans la profondeur des fumées, à vous savoir instantanément convoité ou rejeté par des dizaines d'yeux écarquillés par l'instinct de la chasse et la volupté hautaine de juger. Je me repliais aussitôt à gauche vers le tabouret où je m'étais assis pour la première fois, il y avait vingt ans de cela, quand je n'osais pas prendre le verre plein sur le comptoir de peur que les glaçons, en s'entrechoquant, ne trahissent mon état de novice tremblant de timidité et de désir exacerbé. Je m'accoudais à côté du vieil Auguste occupé, pour l'instant, à vérifier les additions qu'on lui apportait de la salle de restaurant. Les habitués l'appelaient — en détachant les syllabes et en adoptant une intonation à la fois pompeuse, condescendante et amicale — « la Augustine ». Il n'avait pas quitté son tiroir-caisse depuis trente ans, frêle et strict dans son ensemble anthracite, les pommettes saillantes et vineuses, les paupières souvent abaissées pour qu'on y vît briller le fard qui, pourtant, s'évanouissait au fil de la soirée. Son souci de dignité semblait se concentrer dans le front impérial, sous l'impeccable permanente dont il vérifiait les plis par de fréquents tapotements de la main. Son seul luxe — assurait-il — était de la faire exécuter une fois par mois chez son coiffeur du passage Choiseul.

Il était le seul, ici, à ne pas essayer de dissimuler son âge et l'affirmait bien haut, au contraire, mettant une certaine affectation à remonter les manches de son chemisier à la pourpre vespérale pour découvrir ses poignets où saillaient les veines aussi fines et tendues que des aiguilles bleutées ou à pointer le doigt vers le cercle des rides, à son cou, qu'il appelait avec une sorte de pitié acide pour lui-même : « mes rides baladeuses », tant il s'identifiait au Vagabond et souhaitait en incarner l'histoire. Il évoquait son ouverture au printemps 1958 avec des trémolos de gratitude envers la vie, comme si de ce jour-là datait sa seconde naissance — quand il avait quitté son emploi d'aide-couturier dans un atelier de la rue des Fauvettes pour venir régner sur un bar où il se flattait d'avoir su conserver, par sa seule présence, une clientèle de « bon ton ». Il était au cœur de toutes les intrigues et captait le moindre signe de l'imminence d'une révolution de palais — la disgrâce d'un serveur, le projet d'un changement de décor ou un bouleversement dans l'agencement du menu qu'il feignait d'accepter par sa passivité onctueuse. Mais attentif à maintenir la tradition du Vagabond contre l'invasion des modes, il en empêchait l'exécution en distillant quelques paroles judicieuses, en général dans les coulisses, à la fin de la nuit, où il profitait de l'enivrement du gérant pour lui imposer sa volonté. C'était lui qui, par sa politique du secret, ses ambassades clandestines, sa manière de recueillir — bouche en avant et mains gourmandes posées sur celles de son interlocuteur — des confidences qu'il saurait faire fructifier au moment opportun, dirigeait, en réalité, Le Vagabond — tel un homme de l'ombre qui manipulerait le pouvoir dans un royaume de comédie. D'autant que sa sûreté en matière de calcul, sa promptitude à déceler des erreurs de gestion qu'il se flattait d'être le seul à pouvoir « rattraper », sa mainmise sur les livres de compte — ces registres noirs gardés jalousement au-dessous du comptoir — nous donnaient, à tous, l'illusion que Le Vagabond lui appartenait — le propriétaire, un certain Friedrich Schmitz qui, disait-on, vivait à Munich, ayant fini, à force d'absence, par ne plus exister à nos yeux.

Auguste se penchait vers moi en me demandant : « Eduardo est bien parti ?... », avant d'ajouter entre deux cliquetis de son tiroir-caisse : « Il est mieux, là-bas... Sa mère le soignera bien... C'est son seul fils... » C'était lui, Auguste, qui avait réussi à imposer comme serveur Eduardo, après l'avoir recueilli, un soir d'automne, dans l'ombre de la pluie sur la terrasse de l'Orangerie où il cherchait un gîte à son arrivée de Zamora. Il lui avait appris à servir la juste rasade de whisky, à repérer les clients qui, en s'éloignant dans les fumées, s'apprêtaient à oublier de payer, à savoir prendre, avec une alliance de fermeté et de délicatesse, les billets d'entre les doigts amollis par l'ivresse de ceux qui menaçaient de se renverser de leurs tabourets.

Mon cœur se serrait en regardant, à l'autre extrémité du comptoir, la place laissée vide par son départ. On n'avait pas encore osé le remplacer, non pas tant par scrupule que pour déjouer les rumeurs sur la nature de sa maladie qui, confirmée, aurait fait — comme me l'avait déjà dit Auguste — « mauvais effet ». A ceux qui s'étonnaient de sa longue absence, on racontait qu'il s'était pris de toquade pour un guide de Madère où il passait ses vacances d'hiver, et qu'il retardait, de semaine en semaine, le moment de revenir. Je le revoyais, mince et musclé dans sa chemise blanche, aussi ample qu'une tunique d'été, hausser le volume du tourne-disque quand, plus tard dans la soirée, il pouvait passer les chansons qu'il aimait — celles de Joselito, « l'enfant à la voix d'or », ou de Sarita Montiel. Il accompagnait les couplets de « Violettes impériales » d'œillades amoureuses et d'un mouvement langoureux de ses bras qui berçaient d'imaginaires corbeilles emplies de fleurs. Puis il faisait semblant de jeter les bouquets vers l'assistance qui, sous le charme de son offrande, l'applaudissait et lui lançait des baisers à coups de doigts joints envolés vers le plafond de miroirs. Il souriait lui-même de ces emballements de sentimentalité qu'on aurait pu juger mièvres : ils épousaient simplement la douceur d'un cœur honnête, prompt à s'attendrir et intact depuis les hivers où — se souvenant qu'il avait été l'un d'eux — il rachetait aux gamins pauvres de Zamora les billets de loterie — cette « illusion du samedi » — qu'ils n'étaient pas arrivés à brader à la fin de la journée. Jusqu'au bout, il avait gardé sur la table de chevet de sa chambre d'hôpital, serré dans le col d'un vase, un bouquet de violettes dont, depuis longtemps, les couleurs s'étaient effacées et les tiges effritées, mais qu'il avait tenu à emporter dans sa valise. Il le rattachait aux nuits dorées du Vagabond lorsque, depuis son coin d'estrade, il interpellait avec un rire ensoleillé — avec lui, c'était toujours la belle saison ici — ceux qu'il voyait arriver en leur lançant : « Comme tu as l'air en forme, ce soir !... » ou bien : « D'où viens-tu pour être aussi content ?... », histoire de leur faire oublier leur solitude et leur donner l'assurance nécessaire pour séduire. Lui qui, en ce moment, tremblant sur sa couchette de chagrin et de regret de ne pas être parmi nous, passait pour la dernière fois la frontière de la France. Le grincement des treuils et le choc de fer des roues que l'on changeait à Irun ne lui parvenaient qu'assourdis derrière les vitres du compartiment où il arrivait à peine à retenir l'écharpe entre ses mains épuisées. Il nous disait secrètement adieu et nous souhaitait de nous amuser encore au Vagabond, sans qu'il songeât même à protester contre ce mal que nous avions décidé ensemble d'appeler —

pour lui donner une teinte de vêpres et de printemps froid — « le mal mauve ».

Je me rendais compte qu'on n'avait jamais éclairé vraiment, au-dessus des rangées de bouteilles — comme si la pénombre convenait mieux à ce patron tutélaire qui veillait sur nos destinées nomades —, le portrait du vagabond dessiné par Isis Lulli, la meilleure amie de jeunesse d'Auguste. Sous le béret, croqué en quelques coups de fusain, les années n'avaient pas changé l'expression d'imploration ivre, tendre et corrompue de son regard — comme lassé d'exercer sa clairvoyance. La barbe qui submergeait le bas de son visage et dissimulait ses lèvres lui donnait une allure de prophète sauvage, insoucieux de ce que ses prédictions se perdent dans le passage des nuits. Jamais autant que ce soir-là l'ambiance ne m'avait paru aussi électrique. Jamais on n'avait bu à ce point, aussi. C'était une véritable voltige de verres qui, emplis d'alcool, passaient au-dessus des têtes et des épaules. Ils se renversaient parfois sur une part de nuque ou un lobe d'oreille. Aussitôt jaillissaient des gloussements de protestation, des jérémiades de coquettes s'indignant d'être transpercées dans leur chair. On aurait dit une confrérie hystérique qui, poussant à l'extrême ses enthousiasmes et ses anathèmes, surexcitant ses rites de dévotion et d'exclusion, cherchait à se convaincre elle-même de la pérennité d'une religion à laquelle elle ne croyait plus vraiment.

A l'entrée de la salle de restaurant, la bande de Gilles Tessier se lançait dans sa ronde habituelle de calembours obscènes et de calomnies allusives. Ils portaient tous des boîtes oblongues dont le vernis bleu nuit était souligné d'un double liseré or et grenat. C'était l'architecte Jacques Duval — racontait Gilles, ravi de ce coup qu'ils semblaient n'avoir accompli que pour nous intriguer — qui les avait entraînés, à minuit, rue Cambon, dans les sous-sols de la Chase Bank, bientôt transformée en appartements. « Une vraie descente aux enfers... », disait-il en mimant les délices de la terreur. Ils s'étaient glissés dans le labyrinthe des couloirs et des passerelles avant d'atteindre la salle des coffres-forts ouverts, cette « île aux bijoux » perdue dans la nuit de l'immeuble. Ils y avaient fait une razzia de ces coffrets qu'ils tenaient à nous offrir comme pour nous transmettre un rêve de parures, un songe de diamants.

Prétendant l'avoir trouvé dans la poussière de ciment des premiers travaux (mais je le soupçonnais de l'avoir emprunté à une amie pour mieux nous épater), il promenait au-dessus des regards médusés un pendentif : dans un médaillon bordé d'écorces d'émaux et d'or, le corps d'une femme allongée se fondait dans le clair-obscur du cristal de roche. « La volupté endormie », le baptisait-il avant de l'accrocher au cou de Lucrèce — l'ancien travesti vedette de L'Heure Bleue qui avait fini sa carrière en chantant aux Ephèbes en fin de soirée. C'était son premier bijou depuis longtemps : lorsqu'on s'étonnait qu'elle ne portât plus rien (pas même sa main en faux rubis) sur la veste de son tailleur pied-de-poule, elle répondait d'ordinaire qu'il ne lui restait, de ses années de gloire, que ses yeux « pailletés d'or ». Comme pour s'accorder à la posture d'abandon de la femme ciselée, elle renversait la tête en arrière et adoptait une pose de luxure assouvie en se couchant presque sur le comptoir où ses cheveux se répandaient parmi les verres et les écharpes abandonnés. Autour d'elle éclataient des salves d'applaudissements auxquelles demeurait étranger le vieil aveugle, l'ancien propriétaire des Ephèbes assis seul à la table de l'As. Puis des bras se joignaient pour former une litière où Lucrèce glissait, la jupe relevée à mi-cuisse découvrant la blondeur de ses jambes encore minces. En chantonnant ce refrain que nous reprenions en chœur — « Je vagabonderai sur les chemins de la vie/sur les boulevards de Paris » —, qui ressuscitait une joie rebelle, ranimait une flambée de bonheur, elle se laissait porter jusqu'à lui. Elle détachait le pendentif et le lui tendait pour qu'il le caressât et comprît l'origine de cette émeute de plaisir qui, pendant quelques minutes, avait embrasé Le Vagabond. Elle lui racontait chaque motif en guidant ses doigts sur la surface du bijou — pleine de pitié reconnaissante envers cet homme dépossédé de ce à quoi il avait tenu le plus dans sa vie : Les Ephèbes.

Au début de chaque soirée, oubliant leur ancienne rivalité, Auguste allait le chercher dans son appartement d'angle de la rue Thérèse où il se tenait reclus depuis qu'on avait détruit Les Ephèbes. Il n'avait pu supporter le spectacle des travaux : chaque pan de cloison que l'on abattait, le moindre coup de pioche qui démantelait le comptoir ou les alcôves tapissées de velours parme qu'il avait appelées les « chambres cardinales » lui dévastait le cœur. Pour ne plus rien voir des monceaux de gravats, de la colline de parpaings et des nuées de poussière qui s'élevaient des tombereaux alignés au bord de la rue Thérèse, il avait demandé à Lucrèce de coller des carrés de soie noire à toutes les vitres de son appartement. Retranché dans sa chambre, côté cour — où ne lui arrivait que le faible écho d'un mouvement de grue qui aurait pu venir de n'importe quel coin du ciel de Paris —, il attendait que s'achevât l'œuvre de démolition dans une obscurité de tombeau où les tentures en satin ivoire de son lit à baldaquin prenaient dans l'ombre l'aspect de suaires suspendus et raidis par le poids d'une fièvre asséchée. Il ne se déplaçait que pour errer entre les alignements des dieux de plâtre qu'il avait sauvés du naufrage des Ephèbes. Avec les masques de leurs visages dont le bleu paradis s'était évanoui, leurs torses poreux et écorchés à l'endroit du cœur, l'effritement des lauriers de leurs couronnes de stuc, les plis de leurs toges grêlés d'anciennes éclaboussures d'alcool et le déséquilibre de leurs corps que les secousses du transfert à travers la rue avaient en partie détachés des socles de marbre gris, ils paraissaient des divinités déchues et déjà corrompues par leur équipée terrestre. A force de s'imposer cette geôle de nuit, de condamner de lui-même la moindre infiltration de lumière du jour qui aurait risqué d'amener avec elle l'écho du fracas des glaces et des Venise peintes basculées dans le vide, le noir lui était entré dans les yeux, lui avait pris la rétine et dissous le nerf optique, racontait-il avec une telle tranquillité que nous avions tous cru, au début, que cet état d'aveugle était un subterfuge, une ruse destinée à nous apitoyer et à obtenir des plus jeunes — dont il respirait à distance la beauté — qu'ils viennent incliner vers lui leurs visages. Il les implorait de rester penchés, au moins quelques secondes, et les caressait du bout de ses doigts tremblant d'adoration apeurée.

Pierre Vincente entrait en trombe (suivi de près par Serge qui, tel un valet de comédie, pliait sur son bras le manteau de loup qu'il venait de lui confier) et jouait des coudes pour parvenir au centre du Vagabond. Il arrivait sans doute directement du théâtre de Clichy où, depuis le début de la semaine, il interprétait — aux côtés d'une star aux abois qu'il se flattait d'avoir fait remonter sur les planches après vingt ans d'absence et sauvée ainsi in extremis de l'oubli — *Poussières*, la pièce qu'il avait écrite juste après la mort de sa mère et à laquelle il tenait plus qu'à lui-même, disait-il en faisant mine de s'arracher les entrailles à l'aide de son poing tranchant dont il se labourait, de bas en haut, la poitrine. Il apostrophait — afin qu'ils viennent se rassembler autour de lui et forment un public d'adulateurs — les garçons qu'il se rappelait avoir fréquentés. Auguste souriait d'aise derrière le comptoir. Ravi de ce qui apportait un peu de lustre à son établissement, il accueillait avec délice ceux qui avaient une teinture de célébrité. Elle ne manquerait pas — croyait-il — de rejaillir sur Le Vagabond.

Emporté par son délire narcissique, par la rage de sa mégalomanie qui le rendait aveugle aux mines sceptiques des clients qui n'accordaient que moyennement foi en son génie (« des poussières de talent, plutôt... », se moquait même quelqu'un derrière moi), Vincente s'écriait qu'un spectateur enthousiaste lui avait tout à l'heure déclaré dans sa loge qu'on n'avait pas vu un comédien de sa trempe depuis Gérard Philipe. Parce que Felix lui demandait : « Et elle ?... Comment est-elle ?... », il semblait soudain se rappeler qu'il n'était pas seul en scène : « Elle est divine, bien entendu... Et, d'ailleurs, on a tous joué superbement... Même la petite Myriam était magnifique... » Puis, se tournant vers Jeannette (c'était la seule femme présente, ce soir-là, au Vagabond : elle continuait à essuyer sur son front les gouttes de l'averse de neige sous laquelle elle venait de courir depuis sa cordonnerie de la rue Sainte-Anne, désolée de cette « flottée » qui avait gâché le fard rose que, pour la première fois, elle avait appliqué sur ses joues pour venir nous voir), il s'exclamait : « Il y a un mot qui m'est venu comme ça, dans la dernière scène... Qui n'était pas dans mon texte... Que je n'avais pas prévu : " merci "... Oui, j'ai dit merci à ma mère en levant les yeux vers elle... »

Je revoyais la photographie géante de la vieille femme méditerranéenne, suspendue au-dessus de la scène. Sous la couronne de cheveux blancs tressés, les yeux — leur couleur, leur lumière — étaient rendus presque invisibles par la concentration des cernes qui les bordaient : les ombres des deuils, des veillées et des renoncements paraissaient avoir été gravées sur la peau, soulignées au burin. Pourtant, l'âpreté tragique qu'ils auraient pu donner au visage était éclipsée par un éclat de malice presque juvénile — était-ce dû aux lèvres qui bougonnaient de joie retenue ? — comme si, regardant un enfant jouer devant elle dans un jardin, elle se laissait gagner par le plaisir de ses facéties et se moquait elle-même de la réprimande qu'elle s'apprêtait à lui adresser.

« Oui, ce merci, je suis sûr que c'est le plus beau mot de la pièce... », disait-il en concentrant — comme s'il la cadrait — son regard sur Jeannette. Désemparée d'être confondue avec une image qui la dépassait, Jeannette ne savait quelle contenance prendre, elle qui — comme elle le disait parfois — avait été « amenée » par la vie, tout doucement, sans même s'en rendre compte, à ne pas être mère. Elle ne le regrettait pas, cela s'était fait tout seul ; elle savait, de toute manière, que, pour accompagner sa vieillesse, il y avait les enfants du Vagabond, nous qui l'entourions et auxquels, d'habitude, elle distribuait les pâtes de fruits qu'elle tirait de la boîte d'osier posée sur le comptoir. Sur l'étiquette était inscrit « Envoi de Nice » — cette ville qu'elle imaginait, avec des belvédères rose et mauve, fondre tout entière au soleil.

Elle baissait la tête, gênée d'être ainsi fixée, là-bas, sur le dernier tabouret. S'impatientant de ce qu'elle n'entrait pas dans son jeu et désireux de trouver un élément qui nous touchât davantage, Vincente se retourna vers nous et lança : « Combien, parmi vous, sont capables de lui dire merci, à leur mère ?... » Il y eut une sorte d'étouffement des voix et de la musique dans Le Vagabond. Désorientés par cette question, nous nous taisions, laissant — accompagné par la progression du silence — ce mot de « merci » descendre dans les profondeurs de nos vies et se déposer sur nos cœurs. Chacun semblait se demander ce qui l'emportait en lui-même — l'amour ou l'hostilité, la reconnaissance ou la rancune, le regret de la laisser disparaître dans les limbes de l'hiver ou le besoin de voir resurgir sa silhouette dans le ciel des miroirs, elle qui avait fait de nous des êtres de passage, trop incertains de notre identité promenée de désir en désir pour être devenus des hommes, trop rompus aux tactiques amères pour être restés des enfants.

L'avais-je déjà murmuré, ce « merci »? Oui, me semblait-il, le matin de la fête des Orangers, à Saint-Arnaud, quand les hommes endimanchés portaient à la boutonnière les premières fleurs du printemps, quand les cerfs-volants glissaient dans le ciel embaumé au-dessus du square d'Orléans et qu'au long des rues enguirlandées de branches d'un vert sombre, presque noir, la rumeur des tangos des Tamaris se mêlait à l'écho des valses des Alizés : elle se tenait recluse, ayant choisi ce jour d'allégresse pour faire le « grand ménage » (elle avait relégué sur la terrasse, où il attendait la permission de rentrer, mon père qu'elle persistait à appeler « lui » — le dépossédant de son prénom, de sa place dans le monde et de sa teneur d'existence). J'aurais voulu qu'elle m'accompagnât jusqu'au jardin des Rois — celui des orangers centenaires qui, tels des souverains endormis, au corps noueux et blanchi, s'inclinaient en arrière vers les talus de primevères. Devant mes supplications répétées, elle avait fini par rejeter le foulard dont elle se protégeait les cheveux et, après s'être lavée et parfumée, mit sa robe d'un bleu si pâle, presque blanc, où les taches jaunes, irisées de noir, semblaient des papillons fondus dans la trame du tissu. Quand nous franchîmes le porche, je lui dis intérieurement « merci » — pour sa manière de s'accorder, en marchant dans le soleil de la rue Ampère, au rythme des eaux libérées : on soulevait toutes les vannes dans les champs de l'Ouest au moment où crépitaient les salves de mousquetons saluant l'arrivée du cortège d'émondeurs qu'on s'apprêtait à honorer dans les jardins de la villa de l'Administrateur. Mais je m'apercevais qu'emportée par l'ardeur du défi d'insouciance qu'elle se lançait à elle-même, elle passait au large de tout — des arcs de triomphe tramés de roses et de jasmins ; du seuil de la salle des fêtes martelée par les pas des quadrilles des orangers ; des familles attablées à la terrasse du café Boullis qui lui demandaient de les rejoindre : elle leur répondait par un salut qui se voulait amicalement désinvolte et n'était que brusque.

Ce « merci » que j'aurais voulu garder encore longtemps dans mon cœur se diluait, gagné par l'ombre de la brume qui régnait au-dessus des marais vers lesquels elle m'entraînait à marche forcée. Elle s'enfonçait devant moi dans le souvenir des chemins inondés par les ruisselets de la fonte des neiges comme si elle voulait rejoindre la mort de l'hiver dans le domaine des tourbes et des roseaux noyés. Elle ne s'arrêtait qu'en apercevant, de l'autre côté du canal latéral, descendue de la cour du monastère abandonné de Notre-Dame-des-Neiges, où se retranchaient les anciennes prisonnières du pénitencier de Sétif qu'on jugeait indésirables au village, l'une des femmes bannies, encore ruisselante des joncs et des herbes qu'elle avait traversés. L'inconnue tenait dans ses mains un bouquet de fleurs des champs : c'était sa façon, à elle, de participer, même de loin, à la fête des Orangers en se laissant bercer par la rumeur de la musique des Tamaris que le vent d'équinoxe portait jusqu'au bord de l'étang. Face à face dans l'arène du brouillard qui communiquait — disait-on — la fièvre ondulante et chavirait les consciences à vie, elles semblaient, toutes les deux, isolées en terre étrangère, telles des femmes qui, parce qu'elles s'étaient écartées de la route commune, avaient laissé, retardées par un détour de paresse triste et un goût inné de la détresse vagabonde, se refermer devant elles les portes du bonheur. Je prévoyais qu'au moment de rentrer, nous n'aurions que la mémoire de la fête des Orangers — le dernier écho des tambourins des fantasias du soir, les lueurs des ultimes corbeilles d'oranges que les enfants ramenaient du jardin des Rois. Peut-être lui avais-je dit merci, ce soir-là, pour la première et dernière fois : je savais qu'avec elle la joie ne pouvait être vécue que dans le regret de l'avoir vue se dérober, et l'insouciance n'était en sa compagnie qu'un répit de la peur. Il n'y aurait de printemps que loin d'elle, loin de ses yeux bordés par la nuit des cernes de la vie perdue et ne s'éclairant qu'à la vue des raisins d'Italie qui arrivaient dans le bleu de l'hiver.

Emporté par une sorte d'hystérie de remords et libérant dans l'espace du Vagabond les forces nerveuses qu'il avait dû contrôler sur la scène, Pierre Vincente secouait l'épaule de Felix et lui lançait, avec un rire sarcastique : « Et toi, tu crois que tu peux lui dire merci ?... » Mais Felix avait en horreur ces attouchements forcés. Il rejetait le bras de Vincente, repoussait cette lame d'émotion hybride dans laquelle l'acteur cherchait à nous englober et criait : « On n'est pas au théâtre ici ! » Retrouvant son élan de triomphe narcissique, d'ironie exaltée, Vincente répliquait : « Mais qu'est-ce que c'est que Le Vagabond, sinon du théâtre ?... Rien que du théâtre... Avec, en plus, de mauvais comédiens... Des doublures sur le retour dont personne ne veut plus... Qui rabâchent, depuis des années, le même texte... Les mêmes plaisanteries éculées... Une *Cerisaie* de bas-fond... » Enflammé par la jubilation d'une intuition meurtrière, il ajoutait : « De toute manière, c'est un théâtre qui va bientôt fermer... La représentation est terminée... Je le sens... »

Comme si, transpercé par cette menace, il incarnait à lui seul Le Vagabond qui — après un temps d'impassibilité amère et de jalousie aux aguets — avait fini par se substituer dans son esprit aux Ephèbes, en lui donnant une nouvelle raison de vivre, le vieil aveugle se leva soudain de son fauteuil. Il dressait sa canne en avant et se dirigeait droit vers Pierre Vincente, galvanisé par le désir d'une revanche idéale, comme s'il drainait la jeunesse des dieux ressuscités qui lui transmettaient leur influx d'éternité en se laissant reconduire par lui vers l'Eden des nuits d'or dont la cupidité humaine les avait exilés. Il appuyait l'extrémité de sa canne sur la poitrine de Pierre Vincente qui reculait vers la paroi peinte où — grâce à la pénombre de fond de scène qu'Auguste ménageait en tamisant la lumière des spots — le jaune des coucous disparaissait derrière la profusion des lotus noirs. Coincé contre le mur, n'osant pas détourner la canne que l'aveugle maintenait, avec une délectation féroce, au creux de sa poitrine, il apparaissait soudain amoindri, perdu. Il retrouvait l'expression de honte désorientée qu'il avait lorsque, au dernier acte de la pièce, il embrassait dans la nuit du plateau les bras du fauteuil de jardin vide où sa mère s'était éteinte en inclinant la tête sur le côté et en laissant rouler une pelote de laine à ses pieds sans qu'il fût là pour lui dire adieu. Le vieil aveugle avait réussi à abattre sa superbe ; il pouvait retirer sa canne et s'éloigner. Serge déployait le manteau de loup et aidait Vincente à l'enfiler, seul à conserver pour l'acteur de *Poussières* un regard d'admiration.

Il revenait vers nous en s'appuyant sur sa canne, heureux d'avoir su éloigner de nos cœurs l'appréhension que Le Vagabond fermât un jour. Nous le laissions tour à tour nous enlacer dans ces accolades si particulières (son bras en vous encerclant avait des ondulations de danseur sacré avant qu'il ne pianotât quelques notes au milieu du dos), un brin cérémonieuses, protectrices et amicales, par lesquelles il accueillait, avant, les clients à l'entrée des Ephèbes. Nous le laissions nous embrasser les lèvres, la nuque, un bord d'épaule au gré des parfums qu'il prétendait reconnaître : « Ah !... C'est toi !... », disait-il à chacun, sans le nommer, avec un soupir de plaisir et de reconnaissance. Nous nous abandonnions à ces effleurements de démiurge tendre car il faisait de nous, à tour de rôle, des dieux qui veillions — par une pression de nos mains qui orientaient sa marche — à ce qu'il revînt s'asseoir à la table de l'As, placée devant la porte de la « chambre à falbalas ». Elle restait condamnée depuis qu'Eduardo en avait emporté la clef (Auguste n'ayant pas osé la lui reprendre avant son départ pour lui faire croire qu'il reviendrait bientôt parmi nous).

Cette clef qu'un dimanche de novembre, où Auguste lui avait demandé d'aller chercher des cotillons pour « remonter » une ambiance qui commençait à s'étioler, Eduardo n'avait pas réussi à faire tourner dans la serrure tant sa main lui échappait. Pour qu'on ne la vît pas se raidir — les articulations se glaçant peu à peu — et devenir cet organe incolore qui prenait la consistance d'un battoir posé contre les glaces, Eduardo incurvait le coude et le faisait descendre le long de son ventre. A ce moment-là, nous comprîmes — Auguste et moi — que tout était fini, et que cela irait vite, sans doute. Affolés de tristesse, nous interpellions au hasard ceux qui nous entouraient, essayant d'attirer leur attention afin que nul ne fût témoin de son calvaire secret devant le versant de miroirs où il cherchait, en reculant, la mémoire de son propre visage. Il dodelinait de la tête pour tenter, une dernière fois, de se persuader que ce n'était qu'un accident, une défaillance passagère due à un excès d'alcool, de fumées et de monde. « Comme si je n'étais pas habitué à tout ça... », semblait-il se dire avec un sourire résigné, d'adieu déjà. Il sentait son corps qui s'en allait doucement et l'abandonnait comme une île de chair qu'il ne pourrait plus jamais rejoindre : elle emportait avec elle le souvenir du bonheur — Le Vagabond, nous, les voûtes de L'Illusion, la traversée, à l'aube, du silence gris-bleu de la place Vendôme, les bains de soleil, au début de l'été, sur les quais de la Seine, le départ vers Sitges ; midi, en juillet, à l'ombre des mûriers dans les jardins de l'hôtel Romántico, la jetée de bois blond du Callipolis, les pieds nus sur les dalles en granit rose de la promenade du bord de mer, le sourire d'un garçon qu'il croisait sous les remparts de la citadelle et décidait d'aimer pour la saison entière. Il enfonçait sa main inerte sous la tunique, habité par ce courage pudique qui lui interdisait d'émettre la moindre plainte. Guidé par le désir de ne pas assombrir davantage l'ambiance du Vagabond, il glissait le long de la banquette et, préférant mimer l'ivresse que d'exhiber sa douleur, jouait de son vertige de faiblesse. Il se hâtait de descendre l'escalier des vestiaires, se raccrochait en bas à la masse des manteaux suspendus avant d'aller s'asseoir dans le renfoncement de velours noir. Il écoutait, avec une attention qui fuyait de seconde en seconde et comme si elles lui parvenaient de l'autre bout du monde, la rumeur de la musique et les exclamations des clients qui s'étonnaient de son absence prolongée derrière le comptoir : il savait que leurs questions s'espaceraient au fil des soirs jusqu'à ce qu'on l'oubliât.

Quelques jours plus tard, il semblait me déléguer sa vie : « Profite de chaque instant, maintenant... Fais ce que je n'ai pas eu le temps de faire... Voyage, aime, travaille... N'aie pas peur... », me disait-il dans la pénombre du petit appartement de la rue du Rocher où j'achevais de ranger ses vêtements dans la valise, en attendant de l'accompagner à l'hôpital. Mais je retardais le moment de commander le taxi qui devait nous y conduire : je voulais le laisser encore quelques instants s'abandonner à sa paix triste au bord du lit. Sa main gauche était repliée sur la clef de la chambre à falbalas, et de menus tressaillements la parcouraient comme si elle abritait un insecte d'hiver. Il avait tenu à mettre, pour s'en aller, son blazer bleu marine (« ma tenue de communiant... », avait-il plaisanté tandis que je l'aidais à l'enfiler) qu'il portait à son arrivée à Paris, comme s'il avait voulu abolir, par cette veste de jeunesse, toutes ces dernières années et retrouver son état d'adolescent, avide d'amour, qui, retiré dans l'ombre de l'ancien hangar des cuves de miel, à la sortie de Tormes, avait tant rêvé des plaisirs de Paris. Il écoutait le battement contre les vitres de l'extrémité des branches du marronnier que l'automne achevait de dénuder. Les yeux mi-clos, qu'une frange de pleurs glacés au bord des paupières blêmes comme neige semblait empêcher de se refermer, il attendait que montent vers lui les reflets de la vitrine éclairée du magasin d'habits de soirée de la rue du Rocher — là où il avait récemment repéré un smoking qu'il s'était promis de s'offrir pour le porter au Vagabond, la nuit de Noël.

On achevait d'empiler les nappes sur la table centrale du restaurant vide. Les lumières s'éteignaient sur les guirlandes de la soirée du jour de l'An qui ne seraient retirées qu'à la fin du mois. Le vieil aveugle laissait glisser entre ses doigts le ruban en satin noir du pendentif de « la volupté endormie » que lui avait abandonné Lucrèce partie, avec la bande de Gilles, vers L'Illusion où ils finiraient la nuit. Ils avaient laissé sur la banquette en peluche grise les boîtes à bijoux que n'osaient pas prendre, en s'éloignant, ceux qui, n'ayant trouvé aucun partenaire pour la nuit, faisaient un dernier tour du Vagabond avant de disparaître dans les plis du rideau. Un homme m'adressait un signe à l'autre bout du bar : il me fallut quelques secondes pour reconnaître mon vieil ami, Christian. Sa silhouette de pâtre, aux cheveux drus et au visage blond, qui, dès qu'il paraissait, semblait promener une part d'été dans l'ombre des fumées et des voix qui se tamisaient sur son passage, était désormais celle d'un monsieur fatigué, essayant de dissimuler l'enflure de la taille sous l'ampleur du caraco de toile noire et l'usure de ses traits par un sourire trop prononcé. Il était devenu semblable à ces hommes du Vagabond que, dans notre jeunesse, il me désignait d'une moue ironique en disant : « Il faut vraiment chercher pour leur trouver quelque chose qui accroche encore... Vas-y, toi, si tu veux... »

Je le revoyais, ce soir, avec un mélange de reconnaissance — il m'avait souvent, avec une rudesse tendre, retenu au bord de la chute — et de crainte car, ces dernières années, il multipliait à l'égard de ses anciens amis qu'il croisait lors de ses passages à Paris les remarques acides. Il excellait, au fil de la conversation, à dévoiler les régions blessées de l'âme et les pourfendait avec une jouissance décuplée par l'audace et la conscience hallucinées de son bon droit que lui donnait l'alcool. Je savais ce qui inspirait ses accès de virulence, ses élans de dénigrement qui tentaient de corrompre la foi que les autres avaient encore dans leurs désirs, leurs projets ou leurs amours : l'intuition du déclin de sa propre existence depuis que, lâché par un riche négociant de Lugano, il avait dû se résigner à retourner en province. Il avait ouvert à Perpignan un magasin d'antiquités qui tenait moins de la boutique dont il avait, un temps, rêvé, que de l'antre du brocanteur. Le salon d'été, qui en constituait la pièce maîtresse, prenait, dans la pénombre, l'allure d'un décor de théâtre abandonné, sous l'azur du lac peint en trompe-l'œil. Il en contemplait, pendant des heures, les rives d'ancolies depuis le sofa où il restait étendu jusqu'à ce qu'il s'avisât, vers trois heures de l'après-midi, d'ouvrir la porte du magasin à l'un des rares clients qu'il n'avait pas découragés par son indifférence. Il exhibait sur la pile de journaux de mode entassés sur le guéridon à l'entrée de la boutique le carton d'une invitation à un vernissage ou à un cocktail récents. Les visiteurs seraient ainsi convaincus qu'il restait une personnalité en vue, « à la pointe de la mode » comme il le disait avec un accent de bravade qui dissimulait mal son regret de ne plus être l'un des princes des fêtes parisiennes et l'effort désemparé qu'il faisait pour tenter de rattraper l'ersatz d'une splendeur évanouie, les reflets de la royauté dispendieuse dont il avait fait preuve en régalant, de bar en bar, des inconnus qu'il ne reverrait jamais. Il était parti de Paris, seul, sans qu'aucun de ceux qu'il avait comblés de largesses ne manifestât sa présence. Je savais que sa cruauté d'occasion n'était qu'un faux pas de la tristesse, la recherche abrupte d'un moyen pour me rejoindre et raviver le regret, que j'exprimais de plus en plus rarement, des complicités de notre jeunesse — nos promenades, presque amoureuses, dans les berges de roseaux de l'Agly, la rivière de Rivesaltes ; le partage des affres des plaisirs clandestins dans la nuit des remparts du palais des Rois de Majorque ; les aubes de Barcelone où, de L'Eléphant Blanc à La Paloma, nous recherchions ensemble celui qui saurait, avec le plus d'art, nous dépouiller de nos derniers billets.

Je ne voulais pas que pour quelques mots injustes expirât le souvenir des années communes — sachant que la fin d'une amitié était plus intolérable que la mort d'un amour car son souffle déçu ternissait, en s'éteignant, la part que l'on aurait voulu garder la plus lumineuse en soi : celle de l'enfance. Je reconnaissais, en m'approchant, la ritournelle narquoise et désenchantée qu'il sifflotait pour prouver son détachement d'avec le monde. Mais les notes me semblaient un peu fausses, ce soir, comme si un soupçon de chagrin retenu les empêchait de s'accorder. Il me dit qu'il était venu à Paris pour essayer de vendre un tableau de Maillol — un paysage de ses débuts : il espérait en tirer un bon prix, il en avait besoin en ce moment. Il n'avait pas envie de donner le change, n'éprouvait même pas le besoin de prendre un masque de sûreté désinvolte. Il me tendit un verre, m'y laissa boire quelques gorgées puis me dit : « Joep est mort. » J'ai senti mon cœur flotter tandis qu'il répétait, avec une douceur découragée : « Joep est mort », comme une psalmodie destinée à atténuer la brûlure de cette nouvelle qui me dévastait la poitrine et m'obligeait à me retenir à la rampe du bar face à Auguste dont je devinais — dans le vertige de détresse qui me voilait le regard — l'air apitoyé avant que sa main ne vînt se poser sur mes doigts qui tremblaient de froid.

La nuit d'hiver était entrée : il neigeait sur les miroirs du Vagabond qui se brouillaient autour des silhouettes des clients pareils, dans la profondeur des glaces éteintes, à des captifs endormis debout dans un enfer de velours. Christian me ramenait doucement vers sa poitrine : il y avait maintenant trop d'arbres abattus autour de nous sans que nous en ayons été prévenus. Dieu n'était qu'un bûcheron fourbe qui profitait de ce que la terre devînt aveugle dans l'hiver pour avancer à pas feutrés et bâillonner par surprise, jusqu'à ce qu'ils expirent, les enfants qui continuaient à s'aimer dans le secret des forêts enneigées. Là-bas, au fond de l'estrade où nous nous étions repliés, comme dans une escale d'ombre où seul veillait le portrait du vagabond, ne nous parvenaient plus que la rumeur de la musique et l'écho des derniers rires sur le pont du bateau de la vie qui se détournait de nous.

III

Les lumières de L'Illusion s'éteignaient au bout de la rue des Petits-Champs. Dans le silence du square Louvois, les vagues de neige recouvraient les bancs et les bosquets puis retombaient au bord de la vasque de la fontaine gelée. Les carrefours, les rues et les façades disparaissaient sous le vent égal de blancheur. Je n'avais plus froid. Il me semblait entendre — montant du fond de la nuit d'Amsterdam — le timbre allègre d'une sonnette — un écho, presque printanier, dans le ciel de givre. Une grande bicyclette noire s'approchait. C'était Joep qui me touchait l'épaule en passant et, après un rire assourdi par l'écharpe de laine brune qu'il tenait plaquée à ses lèvres, me demandait :

— Tu rentres ?

— Oui... Et toi ?

— Je vais faire un petit tour...

Comme je devais avoir une expression de reproche — qu'il se fût arrêté de peindre dans son atelier de Prinseneiland, pour aller (bien qu'il ne l'avouât pas) dans la chambre du D.O.K. où, nu et halluciné de désir, il se livrait à n'importe quelle étreinte :

— Je partirai à Bruges, en mai, me dit-il, je compte

me retirer à l'abbaye des Dunes. Je serai au calme, là-bas, pour travailler.

— C'est bien...

— J'aime les longues périodes d'abstinence... Les grands silences...

— Je sais, Joep...

Et après une hésitation, où se lisait le trouble d'un léger remords :

— Je suis capable de peindre des semaines entières, sans m'arrêter...

— J'en suis sûr, Joep.

Sans doute encouragé par mon sourire d'approbation, il me lançait, plus déterminé cette fois :

— Je vais m'amuser un peu...

— Oui, Joep...

Il s'éloignait dans la tourmente et se retournait à peine pour m'adresser un signe d'adieu, de sa main levée sur le côté. Le vol des flocons étouffait l'écho de la sonnette et du frôlement des roues. La neige, déjà, ne portait aucune trace de son passage. Il aimait, Joep, ces éclipses moqueuses — combien de fois, tandis que je croyais lui parler en marchant à ses côtés dans la brume de Prinseneiland, ne s'était-il pas esquivé et riait-il au loin, dans les couloirs de tonneaux, de ma déconvenue. Il ne tarderait pas à revenir, je le savais, de cette autre ville bâtie, là-bas, dans la région des morts, à peine las d'avoir traversé une succession de plaines glacées. Il devait — ainsi qu'il me l'avait promis — encadrer de baguettes le tableau qu'il avait peint, l'été passé, dans le jardin du cloître de l'abbaye des Dunes et qu'il m'avait apporté lors de son dernier séjour à Paris : ce désert de brun-violet, ponctué de taches d'un rouge incandescent pareilles à des éclats de tourbes incendiées et bordé de langues vert pâle qui semblaient des concrétions d'algues déposées par une vieille marée. Tout un silence — sans aucun reflet d'âme humaine — aux extrémités de la terre, là où elle finissait, devenant une matière improbable, composée de lave cuivrée, de racines fondues et de glaise sableuse, la dernière frontière d'une digue informe qui, attirée par le néant, achevait de s'effriter dans l'hiver du monde.

Il s'était éteint sans souffrance, « comme un long évanouissement », avait dit à Christian, sur la terrasse des Tuileries où il l'avait rencontré, l'attaché culturel de l'Institut néerlandais. Il lui avait confié aussi que, dans les dernières semaines (tous ces jours que nous avions laissé passer sans nous préoccuper de son silence, ne nous inquiétant même pas qu'il ait cessé de nous donner de ses nouvelles), Joep avait accompli un dernier voyage sur une péniche conduite par un marinier de Prinseneiland. Je l'imaginais, Joep, se laissant mener dans le labyrinthe des canaux entre Marken et Volendam, sa main droite — qui ne répondait plus — abandonnée, sur le pont, à la lumière grise et dorée du matin de février. Entre mer et prés, il regardait défiler les maisons de Marken serrées sur les tertres entourés d'eau, leurs fenêtres qui s'ouvraient parfois sur une armoire des quatre saisons ou les volets de bois d'un lit clos, la silhouette d'une femme qui descendait un escalier extérieur puis courait sur la pelouse d'un jardin terminé par le bas rempart des dalles triangulaires et moussues pareilles à des stèles votives, les ombres des vendeurs d'anguilles fumées qui s'étendaient sur les chaussées de brique et puis, là-bas, à quelques mètres les uns des autres sur la grève d'argile et de limon, guettant son arrivée — comme des sentinelles fidèles accourues du fond de sa jeunesse —, les adolescents de Volendam, à la fois robustes et sveltes dans leurs vestes cintrées dont les boutons faits de florins d'argent scintillaient dans la brume de soleil.

Ils levaient les yeux vers lui en souriant — un sourire de reconnaissance pour son passage et de regret qu'il n'ait pas pensé à venir les voir plus tôt. Eux, ils l'auraient sauvé en le tenant éloigné de la jungle des plaisirs vénéneux où son sang avait été empoisonné — tout comme l'avaient protégé les jeunes paysans de Calabuig qui, l'été, venaient l'entourer dans la fraîcheur du cellier où il peignait et se contentaient de lui offrir le parfum d'herbes et de blé de leur peau dorée. Tous étaient étonnés par cet homme aux cheveux déjà blanchis malgré son âge encore jeune et qui, avec la grâce distraite d'un prince laissant, sans sourciller, la vie le déshériter de ses dernières forces, ne faisait rien d'autre, sur le pont, que regarder se succéder les parts d'un monde qu'il avait aimé et où ses pas ne le porteraient plus. Il disait simplement adieu — sans protester contre l'injustice d'un destin qui lui retirait ses meilleures années (celles où il se promettait de tout sacrifier pour enrichir et affirmer son art) — à ce qui lui tenait le plus à cœur : le rite de ses promenades à travers Amsterdam, ses « repérages de couleurs », comme il les appelait, du côté des anciens chantiers navals des Iles-Orientales dont il aimait respirer « le parfum d'Indes perdues » en contemplant le désert des cales asséchées, les amas de bâches blanchies par les dépôts de sel ou l'usure du vent du nord, ces suaires d'or et d'épices abritant encore, dans leurs plis, l'essence des splendeurs maritimes déchues. Il se penchait vers les barques de pêcheurs réduites à des squelettes de planches qui retenaient dans les interstices de leur carcasse invertébrée des membranes de voiles parmi les filaments d'eau — couleur de cartilage délavé — celle qui, dans un de ses tableaux, lui aurait servi à suggérer la fin des choses et des empires et que, malgré ses nombreux essais, il ne parvenait pas à restituer, se résignant à adopter un vieil ivoire ou un blanc cassé.

Il se rendait ensuite à la synagogue portugaise : « Je n'ai aucune religion... Je ne crois à rien, mais là-bas, je prends, chaque fois, une leçon de sobriété et de rigueur. » Il restait, pendant des heures, à regarder — comme si, malgré un défi d'incrédulité, il attendait la révélation d'une foi suspendue dans les régions intermédiaires entre ciel et terre — les huit vaisseaux de bois soutenus par des piliers et d'où pendaient les énormes chandeliers qu'on allumait les jours de fête. Au début de l'après-midi, respectant la règle de rendez-vous qu'il ne donnait qu'à lui-même, il entrait dans la cour d'un des anciens béguinages de la ville pour retrouver, recueilli sur l'aire de grès rose, une qualité de paix, une teneur de secret pareille à celle qu'il connaissait, à Bruges, sous le portique des maisons-dieu. Il sortait son carnet de croquis puis faisait de multiples esquisses des arcs, des moulures et des niches des fenêtres derrière lesquelles il essayait de deviner le trajet des mains des vieilles femmes qui brodaient à l'écart du monde. Invariablement, il se laissait surprendre — il aimait éprouver cette stupeur grisée — par les volées de sons qui jaillissaient de tous côtés, ceux des instruments des étudiants de musique logés dans une aile du bâtiment.

Le secret des vitres, des pierres et des eaux : voilà ce à quoi il s'attachait toujours, lorsque, debout sur la voûte de dalles qui comblaient le canal des Œillets, il s'interrogeait sur la destinée de l'eau enterrée dont il jurait qu'elle n'avait pas pu disparaître, qu'elle finirait par remonter un jour et inonder l'arche de ciment. Plus tard, lorsqu'il observait les éclats vermeils du soir qui glissaient dans les eaux de Prinseneiland et s'accordaient aux reflets des claveaux alternés des ponts, il lui semblait que tout, dans le monde et dans son existence, était « en ordre ». Mais c'était à ces moments-là — d'harmonie intime et de détachement suprême — que tout se renversait. Il était saisi d'un brutal vertige de doute sur sa vie et son art, glacé par une sorte de découragement affolé devant ce qu'il imaginait être les limites de ses dons. Submergé par un élan de scepticisme panique, il dénigrait tout ce qu'il avait créé avec une ironie presque haineuse. Il riait — ce rire de dérision et de rejet sarcastique de lui-même qui me serrait le cœur d'effroi et de peine — de sa propre vanité. Elle l'avait aveuglé — pensait-il — en lui laissant croire qu'il avait parfois atteint la lisière de la beauté. Ces soirs-là où il revenait, frémissant d'un dégoût exalté et de la certitude de ce qu'il affirmait être — sur le ton d'un inquisiteur imperméable à la tentation de la pitié — sa « médiocrité » ou son « impuissance », il se détournait rageusement de son chevalet. Il me criait de le jeter par la fenêtre, et ne voulait plus le voir, cela lui donnait la nausée. Il buvait sans arrêt, faisant, avec une délectation amère, ruisseler l'alcool sur son cou et sa poitrine pour aggraver l'image de négligence révulsée qu'il entendait donner de lui-même. J'avais beau essayer de le persuader de l'éclat de ses dons, lui dire que nous étions nombreux à l'admirer, il s'enfermait dans son mutisme blême. Devenu comme amnésique, il oubliait qu'il avait, au cours des derniers mois, réussi à suggérer l'automne par une motte brun et or reposant dans un territoire gris cendré, la solitude d'un enfant par l'ombre d'une flûte abandonnée au bas d'une cloison mauve pâle, la liberté par une porte qui s'ouvrait sur le bleu du ciel, et les métamorphoses des jours — leurs plaisirs et leurs tristesses — par une simple gamme de gris, de beiges et de blancs.

C'était à ces moments-là, aussi, que son corps, comme s'il se vengeait d'avoir été relégué au profit d'un rêve de pureté et tenu en laisse au cours des exercices d'idéal, lui rappelait sa loi en l'incendiant d'une frénésie de désirs qu'il se devait d'assouvir au plus vite. Il se levait soudain et, en l'espace de quelques minutes, devenait presque étranger non seulement par l'uniforme qu'il endossait — le blouson clouté ouvert sur un tricot volontairement douteux, le pantalon de cuir noir moulant ses jambes et, au poignet, le bracelet hérissé de pointes de métal —, mais son physique même se modifiait sous l'emprise du désir : ses gestes se faisaient plus saccadés, son visage s'émaciait, sa voix devenait rauque et sèche. Il rejetait, d'un coup, ce qui était le meilleur de sa vie et courait, dans la nuit, vers le Bar américain. Dès son arrivée, il saisissait, avec une désinvolture froide, un bock de bière sur le comptoir avant de s'enfoncer dans la pièce noire où il se déshabillait dans l'odeur des peaux moites et de la sciure de bois. Dans une chaleur de galère peinant contre l'absence de vent sur une mer d'airain, il se soumettait avec une servilité béate, une jubilation de captif épris des férocités de son maître, aux plus voluptueuses humiliations, aux plus exquises blessures — les aiguilles appliquées au hasard de sa peau, le front et les lèvres ouverts par une pointe d'éperon, la poitrine labourée par des boucles de ceinturon. Il recherchait ces plaies en rampant dans l'obscurité jusqu'à ce que — se croyant recru de servitude et lassé de tortures — il implorât, dans un faux appel de miséricorde, ses bourreaux rassemblés dans le noir. Mais ils étaient trop nombreux et aveugles autour de lui, ils ne lui autorisaient aucune trêve, redoublaient, au contraire, d'insultes et de coups ; et lui, enflammé par le déferlement de leurs rires, fouetté par la ronde de leurs promesses obscènes et le nouvel assaut de leurs ongles qui le traversaient comme autant de lanières d'épines, il succombait à nouveau au vertige de la terreur. La nuque courbée par le volume d'une croix fictive, il ressemblait — ensanglanté et suffocant de plaisir douloureux — à un Christ tremblant d'abandon consenti, avide de nouvelles chutes et assoiffé d'étapes envenimées de son calvaire, comme s'il fallait prouver au Ciel qu'on pouvait s'infliger des tortures plus savantes que Lui-même ne l'aurait jamais imaginé.

Je l'avais souvent recueilli au seuil de la pièce noire et enveloppé d'un manteau pour dissimuler ses plaies avant de le reconduire à Prinseneiland. Je l'étendais sur le lit, soignais ses blessures et le veillais jusqu'à ce que sur son visage revînt, avec la lumière du matin, la grâce d'un artiste amoureux de la beauté du monde, de ses ports et de ses parcs, de ses fenêtres et de ses eaux. Dès qu'il s'installait devant le chevalet et se remettait à peindre, Joep oubliait les épisodes de la nuit. De son incursion dans les ténèbres et les maléfices du plaisir, il ne subsistait qu'un peu d'ombre dans son regard, un reflet de rage épuisée sur ses traits. A mesure qu'il peignait et se concentrait sur la toile, tout, en lui, ressuscitait : son enthousiasme de créateur épris de perfection, sa découverte de nouvelles alliances de couleurs, sa jeunesse. Comment pouvaient coexister en Joep une telle ferveur d'idéal et un tel besoin de ravalement de lui-même? Peut-être essayait-il de concilier — sans en avoir vraiment conscience — le noir de la terre et le bleu du ciel.

Emergeant du silence de Prinseneiland — ce quartier où il croyait s'être installé pour la vie et qu'il aimait parce que, encerclé d'eau, il lui semblait pouvoir se détacher à tout moment comme un vaisseau à peine amarré —, arrivait une trame de petits bruits paisibles : le déclic de la tirette du chevalet qu'il abaissait ou remontait; le grattement du fusain sur la toile, pareil à celui d'un tissu qu'on frotterait avec une application à la fois ferme et tendre; le cliquetis des pinceaux qu'il choisissait dans le pot de grès; les menus à-coups de la lame du couteau avec lequel il mêlait les couleurs sur la plaque de verre posée sur le bureau d'écolier; le très léger balancement de la toile sous la caresse du pinceau puis, après qu'il s'était renversé dans le fauteuil, son silence perplexe devant le tableau inachevé comme lorsqu'il se demandait s'il avait eu raison d'aimer.

IV

Dans le désert du carrefour Drouot qui disparaissait sous la neige, j'appelais l'ombre de la bicyclette de Joep pour qu'elle vînt rouler dans le silence des boulevards. Mais il était trop loin, déjà, sur la terre des morts : il ne m'entendait plus. Il n'y avait pour écho que le crissement des freins d'une voiture qui dérapait à l'angle de la rue de Richelieu. J'avais besoin de m'allonger près de quelqu'un et montais vers la rue Pétrelle où habitait Lydia. Je tâtais dans ma poche le double de la clef de son appartement qu'elle m'avait donné dernièrement en me disant : « On ne sait jamais... Tu auras peut-être envie de venir t'étendre près de moi, une nuit... Sans me prévenir... »

Elle appartenait — ainsi qu'elle l'avouait elle-même — à « la race de ceux qui recueillent ». Sans se soucier d'être trahie, elle poussait à ses extrémités le désir de donner, l'instinct de prodigalité, s'abandonnant à ce besoin d'hémorragie — d'argent et de tendresse —, à cet intarissable ruissellement des sentiments qu'elle acceptait — lorsqu'on s'inquiétait d'une telle offrande aveugle d'elle-même et se proposait de l'aider à l'endiguer — comme une loi de sa nature qui rejetait, tel un corps étranger, le calcul et la prévision d'existence. « Je ne me reconnaîtrais plus, tu comprends, si je me mettais à compter, à chipoter... », disait-elle souvent, avant d'ajouter avec un accent de joie provocante : « A qui veux-tu que je laisse tout ça (ses bagages, ses bijoux, ses bibelots de quatre sous)... Je n'ai personne au monde... »

Les dalles de la cour avaient des reflets d'eaux gelées où glissaient les débris des branches du bouleau rompues par la tourmente de la soirée. L'escalier extérieur qui menait à son appartement avait — par ses marches de bois blanc — l'allure d'une passerelle de navire. « On embarque pour la Belle Espérance... » (c'était le nom de la barque qui, dans son enfance à Chypre, l'emmenait vers la fête du Miel et du Sésame, à Paralimni), criait-elle, en rentrant, à ses amants d'un soir. Elle imaginait, les derniers temps, que cette appellation suffirait à conjurer la menace du propriétaire qui s'était juré de lui reprendre son deux-pièces avant l'été.

J'ouvris la porte avec précaution et marchai sur la pointe des pieds dans la pénombre tiède de la chambre à laquelle elle avait voulu donner l'apparence d'une cabine — par le plafond de liège, les parois composées de lattes de bois ciré et la malle aux armoiries de la Compagnie d'Orient — tandis qu'une vibration de machines de cale assourdie montait de la chaudière du sous-sol. Dans sa hâte à s'étendre, elle avait laissé tomber sur le tapis ses gants (les gants mauves, aux coutures noires, des danseuses de L'Oiseau de Nuit), son manteau bleu roi, au col de velours incarnat, et sa toque de laine encore ébouriffée de flocons fondus. Elle dormait dans sa tenue de scène : sa robe de soie jonquille au corsage brodé de fils d'argent. « Mes soirs de rafle... », me répondait-elle lorsque je m'étonnais de ce qu'elle n'éprouvât pas le besoin de se changer après le spectacle. Elle l'avait dégrafée pour laisser respirer ses seins nus — presque trop épais pour l'étroitesse de son buste dont les côtes saillaient. Elle semblait les protéger du bout des mains, ses seins dont, au moment de l'adolescence, elle n'avait jamais osé espérer qu'ils deviennent si lourds. Elle me racontait parfois que, ne supportant pas sa poitrine trop lisse qui, à l'âge de treize ans, continuait à lui donner une allure de garçon manqué sur la plage d'Aya Napa, elle gagnait à la nage une île de jardins abandonnés au large du cap Greco. Là, enfouie dans le linceul de vase noire, livrée à la sourde démence de la terre qui se laissait peu à peu décomposer par les vagues, elle attendait, des jours entiers, que l'oscillation de la masse d'algues, de fruits corrompus mêlés aux fragments des anciens cerceaux des serres modelât son corps et lui donnât la poitrine considérable des déesses orientales peintes sur les parois des Bains d'Aphrodite.

Elle avait gardé aux pieds les souliers en tulle semé de fleurs de dentelle que lui avait légués, en même temps que son rôle à L'Oiseau de Nuit, Viviane Roger, cette seconde mère, intransigeante et bonne, qui l'avait sauvée de ses cachets minables — « tout juste bons à acheter mes cigarettes » — à L'Imprévu, le night-club de la rue des Blancs-Manteaux où elle avait débuté à son arrivée de Chypre. Avant de se retirer dans sa chambre de l'hôtel du Cygne et d'y mourir le soir de la fête de la Musique, Viviane lui avait tout appris du métier, corrigeant son excès de lascivité, la frénésie de ses ondulations de bras et de hanches, sa voix criarde et un peu fausse. Lydia conservait, dans une armoire vitrée qu'elle avait fait installer à cette intention, la collection de chaussures que Viviane avait portées au temps de sa splendeur : des escarpins en chevreau or ou en satin rouge à talon guignol voisinaient avec des cuissardes de soie fauve. Peut-être en les exposant ainsi dans sa chambre, en se tournant vers eux dès son réveil, étudiant, jusqu'à l'hypnose, leurs cambrures, leurs renforts, leur piqué serré ou large, Lydia espérait-elle capter un peu du faste des saisons dorées de Viviane Roger dont les souliers demeuraient les emblèmes. Ce faste qu'elle disait n'avoir connu qu'une fois, l'espace d'une saison fantôme traversée dans une brume de champagne aux côtés d'un peintre anglais qui l'avait aimée dans une maison de l'île de l'Eté dans le golfe de la Tamise.

Il y a tant de voyages passés ou espérés sur ton visage, murmurai-je en me penchant vers elle. Ses paupières alourdies par sa chute dans un de ces sommeils profonds et rapides dont elle était coutumière à son retour de L'Oiseau de Nuit s'entrouvraient sur son regard à peine surpris par l'apparition de ma silhouette au-dessus du lit. « Qu'est-ce que tu as ?... », me demanda-t-elle en se redressant un peu avant de s'accouder à l'oreiller. « Joep est mort », lui dis-je tout bas. Oui, Joep est mort, répétais-je alors que j'entendais à nouveau le timbre de la sonnette de la bicyclette, mais plus lumineux et pétillant cette fois, comme les bons soirs de confiance et d'euphorie de ses dons où, de très loin, du bout du parc des maisons-bateaux, il m'annonçait son retour du canal des Œillets ou des chantiers des Iles-Orientales. On aurait dit qu'il s'essayait à composer, sur des sonorités de nickel et de laiton, une mélodie barbare et se grisait de prendre de vitesse l'ombre du soleil qui descendait vers les ponts et les passerelles de Prinseneiland. Peut-être Lydia ne se souvenait-elle pas de lui : ils ne s'étaient vus qu'une fois, lorsque, au retour de L'Heure Bleue, ils avançaient devant moi sous les arcades de la rue de Rivoli, posant, à tour de rôle, la tête sur l'épaule de l'autre avec, parfois, un même rire étonné quand, à chaque carrefour, ils découvraient que Paris était un tel désert de pavés blonds dans l'aube d'été.

Mais déjà, reprenant le geste rituel qu'elle avait pour apaiser les danseuses du cabaret (quand elles venaient, dans sa loge, lui confier leurs colères ou leurs détresses), elle prenait mon visage dans la coupe de ses mains chaudes et me regardait avec une fixité presque dure, une implacable tension dans le désir méthodique de dévouement comme si elle cherchait — dans cette opération de transfert de la douleur par laquelle elle se laissait gagner — à la transplanter dans son corps, à l'innerver dans les moindres fibres de sa chair jusqu'à ce que j'en fusse délivré au moment où ses doigts joints atteignaient le bord de mes tempes.

La vague de fièvre triste se retirait de mon cœur et emportait vers le calme de la haute mer l'île de Prinseneiland qui, délivrée de ses amarres de pierre et accompagnée par son éternelle odeur de cales enfumées, de houblon et de goudron trempé, voguait avec ses centaines de fenêtres ouvertes sur la lumière d'ateliers — aux murs aussi blancs qu'un ciel des Tropiques à midi — où des adolescents semblables dans leurs vestes cintrées aux boutons de florins d'argent ne cessaient de peindre avec pour seul maître terrestre cet homme lointain et tranquille qui, dans le silence de cloître de l'abbaye des Dunes, oubliait qu'il s'était appelé Joep Goeting et combien nous l'avions aimé.

Les dalles de la cour miroitaient au gré de l'oscillation de la lampe tempête suspendue sous la voûte du porche. Ses reflets atteignaient les seins nus que Lydia appuyait contre les vitres. « Regarde le ciel..., me dit-elle, émerveillée. Comme il est pur !... » Elle me désignait, en levant la main, la trace de la Voie lactée — ce sillage d'étoiles si pâles qui affleuraient dans le firmament glacé. « Les Chinois racontent que c'est un fleuve céleste... Les âmes qui partent vers le pays des morts le suivent jusqu'à ce qu'elles arrivent à l'abîme du sud-est... C'est là que la mère des lunes et la mère des soleils baignent leurs enfants avant de les exhiber au ciel... » Epanouie de la certitude que rien ne finissait au monde et se laissant emporter par sa croyance dans une renaissance céleste — puisée dans les recueils ésotériques de Viviane Roger : « C'est là-haut qu'est ma mère... Dimitri, mon premier amour d'Aya Napa... Viviane... Ton ami, Joep... Et toi et moi, un jour... » Puis, avec un rire limpide : « C'est notre seul moyen de rajeunir, tu ne crois pas ?... » En dégrafant le dernier bouton à la taille, elle laissait glisser sa robe qui s'étalait autour de ses chevilles. Des paillettes du spectacle scintillaient encore dans les fronces de soie. « Tu connais les Perséides ?... Elles pleuvent vers la terre à la mi-août... Comme un bouquet que l'on défait... Chaque étoile est une âme qui se rappelle à notre souvenir... Nous devons faire un vœu pour tous ceux que nous avons aimés... Sinon, ils nous oublieront aussi... Et tout disparaîtra... »

Elle s'éloignait de la fenêtre, recueillait sur le tapis la toque de laine encore mouillée et la serrait sur sa poitrine comme si elle voulait retrouver sur sa peau le souffle des flocons éteints — ces « âmes fondues », comme les appelait Eduardo. Elle chantonnait la saeta qu'il lui avait apprise, un dimanche soir, dans l'arène des glaces assombries du Vagabond : « Pour toi, toutes les heures de la nuit, je les passe sans dormir. » Elle la fredonnait chaque fois qu'elle achevait de greffer sur son cœur une peine étrangère ou cherchait à effacer la tristesse d'un amour qui se dérobait. J'avais surpris le geste de gêne affolée qu'elle avait lorsqu'elle s'empressait de dissimuler les brouillons des chansons qu'elle écrivait. « Des babioles... », me lançait-elle dans une volte-face de dilettante, mais je savais qu'elle y consacrait toutes ses fins d'après-midi et que l'une de ses espérances secrètes était de pouvoir les chanter, un soir, sur la scène du cabaret. Elle virevoltait dans la chambre entre neige et pénombre, effleurant le portrait de Viviane Roger, les angles de l'armoire vitrée avant de cogner contre la malle de la Compagnie d'Orient. Jamais elle ne m'avait paru autant mériter son surnom d'oiseau de nuit que tous, là-bas, avaient fini par lui appliquer tant elle leur paraissait incarner, à elle seule, l'humeur aérienne du cabaret : par — au moment de saluer — le soulèvement gradué de ses bras déployant, en ailes de soie brodées de nervures de perles, les pans de sa robe comme si elle cherchait, encerclée par les salves d'applaudissements, à prendre son essor vers le ciel de stuc rosé ; par sa manière de fondre — une fois sortie des coulisses — sur un homme qui l'emballait dans la salle et de lui piquer le front ou les lèvres de ses baisers pointus, et par sa promptitude à disparaître dans la nuit de Paris, ne laissant après elle qu'un froufrou de parfum cendré et de rire printanier.

Elle délaçait les courroies de ses escarpins et retirait ses bas de dentelle bleu-gris. Puis elle s'étendit sur le lit et m'appela à ses côtés.

— Tu écris en ce moment ? me demanda-t-elle.

— Non.

— Pourquoi ?

— J'en ai perdu l'envie.

— Tu es seulement trop sorti — et, plus doucement, en éteignant la lampe d'albâtre : — Nous sommes tous trop sortis...

Il recommençait à neiger. Je le sentais au courant de blancheur qui traversait les vitres. Elle me dit, dans un souffle :

— Tu as une maison où revenir toujours... Ici...

Elle s'endormait dans le silence de cabine de la Belle Espérance où brillaient seulement les ferrures de la malle de la Compagnie d'Orient. Encerclant le lit, revenait la chaleur des nuits innombrables que nous avions traversées ensemble — depuis le soir où je l'avais rencontrée au bar de la rue des Blancs-Manteaux — à danser, à boire, à parler de ceux qui nous attiraient, dans le vertige des rires, des moqueries et des souvenirs des fêtes passées que nous nous rappelions l'un à l'autre. Nous ne nous étions jamais rien promis, nos corps n'avaient fait que s'effleurer au hasard des comptoirs et des dancings, et pourtant, depuis le seuil de L'Imprévu, la vie nous avait tant de fois emportés ensemble, heureux ou tristes, exaltés ou déçus au même instant, comme si nous nous étions aimés.

V

La neige avait dû cesser dans la matinée. Dans la chambre, les reflets des plaques de givre ensoleillé au bord des toits glissaient sur les épaules de Lydia qui dormait, le drap abaissé à mi-hanches. On frappait à la porte. C'était Lisbeth Hoffman. Je l'embrassai — comme elle aimait, sur le bandeau mauve qui enserrait le chignon de ses cheveux blancs —, elle qui, par la délicatesse de ses gestes et de ses silences, n'était plus seulement à nos yeux une voisine bienveillante : elle était devenue notre amie. Elle portait dans ses bras la robe qu'elle venait d'achever — celle que Lydia aurait dans « Le Bal de printemps », le prochain tableau du spectacle de L'Oiseau de Nuit. Sur le corsage de soie violine, elle avait cousu des gueules-de-loup en satin noir qui, selon le souhait de Lydia, devaient donner au spectateur « l'envie d'y plonger les lèvres ».

Lisbeth allait, sur la pointe des pieds, la déposer sur le divan et, tout en palpant le galbe des fleurs de tissu, disait : « Je crois qu'elle fera de l'effet... » C'était à elle-même qu'elle s'adressait, qu'elle confiait ce ravissement dont elle aurait rougi que je le prisse pour un accès de vanité. Le flux de rose qui gagnait ses traits empreints d'une modestie effarée et l'éclat d'indulgence rieuse de son regard l'emportaient sur le gris des rides. Elle avait une manière si discrète — elle qui demeurait à la lisière de notre monde bâclé et brodait sa vie instant par instant (avec la même attention soumise qu'elle ouvrageait, avant son exil, des napperons dans la boutique de la rue Justinien, à Alexandrie) — de me faire remarquer — par son front qui se plissait à peine sous un soupçon d'anxiété — mon teint cireux et mes cernes de noctambule : c'était le cas, ce matin encore D'une voix frémissant de compassion inquiète, elle me dit :

— Eduardo a dû arriver à Zamora.

— Oui, Lisbeth.

— Il va peut-être reprendre des forces, là-bas...

Tandis qu'elle recueillait les effets du spectacle de L'Oiseau de Nuit dispersés à travers la pièce, je songeais à l'affection qu'elle avait témoignée à Eduardo dès qu'elle l'avait rencontré à la Belle Espérance où il venait passer quelques instants avant de prendre son service au Vagabond. Très vite, elle l'avait invité au déjeuner hebdomadaire qu'elle organisait pour nous, depuis des années, croyant ainsi assurer un semblant d'ossature à notre existence. Elle avait voulu qu'il vînt jusqu'au dernier dimanche d'automne où on lui permettait de sortir de l'hôpital. Au fil des semaines, elle lui préparait des plats de plus en plus légers — fèves à la coriandre ou foies cuits à l'égyptienne — afin qu'il n'eût pas à se servir de son couteau et pût garder, sans honte ni détresse, sa main paralysée à plat sur la table. Elle pâlissait quand elle le voyait se concentrer sur les rares plaisirs qu'il pouvait encore dérober à la vie : le parfum des petits pains chauds ou des galettes au cumin dans la corbeille d'osier, le rouge des bougies entourées par les couronnes de fleurs d'hiver qu'elle avait tressées pour lui, le vin d'Anjou dans la flûte de cristal qu'il levait vers elle avec un sourire de gratitude désemparée. Si, au cours de ces repas, elle regardait tant ses épaules (vibrant de toute l'énergie qu'il tentait de rassembler dans ses membres atrophiés afin de nous paraître encore robuste et que nous ne renoncions jamais à le faire participer à ce qu'il considérait comme une journée de fête), c'était pour les imprimer dans sa mémoire et réussir le pull-over bleu marine qu'elle lui tricotait en secret.

Il ne le porterait qu'une fois — lors de sa dernière promenade sur les passerelles de l'hôpital jusqu'au jardin de la chapelle, où elle s'était assise à ses côtés sous les vitraux traversés par la lueur flottante des cierges. Pour lui donner, dans la pénombre de la bruine de novembre, la sensation d'un été qu'il n'atteindrait sans doute jamais, elle avait évoqué l'hôtel de paille où elle avait passé sa jeunesse. Quand les flots de la Méditerranée — lui disait-elle — se retiraient du delta, en mai, découvrant — comme rénovés par l'immersion d'hiver au bout de la presqu'île de limon et de terreau rose — le toit de rondins, les balcons de bambous, les cloisons de roseaux des chambres et des salons où, au fil de la saison, ils trouvaient un coquillage accroché au pied d'une lampe ou une étoile de mer suspendue aux volets de paille.

Je savais qu'elle voulait y retourner une dernière fois. « Le printemps prochain... », répétait-elle. Mais les printemps et les années passaient, elle ne partait pas. Par appréhension, peut-être, de découvrir la presqu'île défigurée par les travaux de drainage : « Tout est devenu si moderne, partout... », déplorait-elle. Par superstition, aussi, que son fils n'arrivât à Paris en son absence. Lui qui, pourtant, ne lui donnait aucun signe de vie depuis bien longtemps et dont l'existence devenait improbable : il n'était plus certain — comme le lui avait rapporté un parfumeur de Ramleh — qu'il guidât les voyageurs vers les remparts de la cité ensablée de Dimay. Elle continuait à prier pour lui, égrenant, entre la confection de deux robes, les dés d'ivoire d'un chapelet, derrière le store de lattes bleutées qu'elle avait installé dans son studio pour lui ménager, lorsqu'il rentrerait, le leurre d'un jour d'été, une transition en douceur avec les brumes de Paris.

« Quelle tête vous avez !... Laissez-moi vous arranger... », me dit-elle. C'était le signal du rite d'échange auquel je m'étais déjà plié. Je la suivis vers la salle de bains qui était restée éclairée. Elle me demanda de m'asseoir sur le tabouret de plastique blanc et, prenant une brosse sur l'étagère, entreprit de me ramener les cheveux en arrière de manière à me dégager le front et les tempes. Devant quelques mèches récalcitrantes, elle saisit le tube de brillantine au bord du lavabo et m'en enduisit le haut du crâne. Je savais, depuis longtemps, qu'elle voulait me donner la coiffure de son fils — tel qu'il était photographié (c'était la dernière photo de son album en cuir de Russie qu'à la fin des déjeuners elle feuilletait devant nous) sous l'enseigne du « Petit Point » dont on apercevait, sur le côté droit, dans une part de vitrine, les miroirs et les brûle-parfum. Je ne me rappelais que de cela — le noir brillant de ses cheveux — ; le reste — les traits de son visage, sa taille, ses vêtements —, je m'étais empressé de l'oublier comme si, en le ramenant à l'état de mirage, j'avais désiré qu'il n'existât pas et voulais me substituer à lui dans l'esprit de Lisbeth. Peut-être désirait-elle elle-même — en continuant, les yeux mi-clos, à me lisser les cheveux — opérer en douceur ce transfert d'identité : je parviendrais, à la longue, à incarner ce qu'elle attendait de lui — qu'il lui prouvât qu'elle n'avait pas vécu pour rien en la serrant dans ses bras, un matin d'hiver qu'elle avait prédit sans neige ni brouillard.

Mais je pouvais lui donner l'illusion de tout, sauf celle de la jeunesse. On devait trop lire sur mon visage la fatigue du découragement chronique, l'obsession épuisée de la disgrâce et la conscience de mon déclin. Comme si elle s'apercevait que le leurre de la ressemblance était sur le point de s'évanouir, elle se détournait, Lisbeth, et abaissait la brosse vers le vide, envahie par une vague de tristesse médusée comme sous les lumières du boulevard des Italiens où, lorsque nous sortions ensemble d'une séance de cinéma, elle s'arrêtait soudain, inclinant la tête et réfrénant, sous son bibi de feutre prune émaillé de l'éclat d'un minuscule cygne de perles, son étonnement douloureux que la fiction était un intolérable mensonge, un simulacre trop éloigné de la réalité pour qu'on ne souffrît pas de ce décalage, de cet abîme de désillusion au bord duquel elle semblait se tenir en se raccrochant à mon bras.

Je reposais la brosse sur l'étagère. Lydia venait de s'éveiller : je le devinais à la chute sur le tapis de la lampe qu'elle avait l'habitude de renverser en étirant le bras vers la lumière de midi. Sans doute Lisbeth voulait-elle la laisser découvrir, seule, la robe du « Bal de printemps ». « J'avais oublié mon rendez-vous chez Sami Karim... J'ai pourtant besoin qu'il s'occupe de mes vieux os... Vous m'accompagnez ?... », me dit-elle. Elle aimait s'immerger dans le bain d'algues et, les yeux clos dans l'ombre du salon de massage, avec pour seule clarté les pagnes de lin blanc empilés sur les étagères de bambous, s'imaginer encore plongée dans les eaux endormies de Ras el-Bar, sous les vantaux de paille de l'hôtel envahi par le silence d'éclipse du delta.

Elle rectifiait, sur le palier, le nœud de son chemisier en crêpe beige puis les fronces du liseré de dentelle qui l'ornait à l'endroit des poignets. Elle retrouvait son expression de gravité studieuse, aussitôt adoucie — au haut des marches — par son sourire ébloui devant la limpidité du ciel d'après la neige.

Monsieur Sylvestre était posté, là-bas, à l'angle de la rue Pétrelle. Sachant que Lisbeth finirait, à un moment ou à un autre de la journée, par descendre — ne serait-ce que pour aller faire des courses au marché Cadet —, il l'attendait, des heures entières, devant la façade en bois ouvragé du restaurant Tanis. La poche droite de sa veste était alourdie en permanence par le portefeuille gonflé de coupures de journaux : tout ce qui concernait les droits des retraités (il avait travaillé, pendant trente-cinq ans, comme huissier dans une compagnie d'assurances parisienne) mais aussi, pliés en menus carrés, les comptes rendus des meilleurs spectacles de la saison où il se promettait d'emmener Lisbeth, d'anciens billets de tombola et, découpés dans le journal du quartier, les récits des matchs de boxe au club La Fayette où il se rendait, chaque soir, à l'entraînement (jubilant lorsque Sami Karim gagnait, morfondu après ses défaites). Ce qui nous surprenait toujours car il était si frêle — une bourrasque de vent aurait suffi à le déséquilibrer —, ses membres étaient si graciles, noyés dans l'ampleur du costume, qu'il rougissait de devoir acheter au rayon « cadet » du Printemps. Un enfant endimanché, quand on l'apercevait de loin, la tête disparaissant sous le chapeau de feutre marron au ruban de satin gris ; ses pieds « de flûte » — comme il en plaisantait lui-même — perdus dans les chaussures tressées qui détonnaient sur la neige du trottoir et lui donnaient un air d'estivant récalcitrant devant la mauvaise saison.

Lisbeth était heureuse de le revoir, qui l'attendait, sans se soucier ni des intempéries ni de l'heure. Elle n'en tirait aucune gloire, était intimidée, au contraire, devant tant d'abnégation, presque incrédule qu'il n'espérât rien d'elle en retour — sauf son passage quotidien qui le bouleversait, de joie de la retrouver mais aussi de peur qu'elle ne fît un détour ou ne s'avisât de prendre un autre chemin, ce qu'il aurait ressenti comme la condamnation d'un adieu.

Je la laissais me devancer, en ralentissant mes pas, pour qu'elle allât, seule, à sa rencontre, mais elle continuait à se retourner vers moi avec un air de perplexité comme si, de loin, elle voulait me confier : « L'amour n'est pas de saison... » Mais non, il l'était encore, Lisbeth, avais-je envie de m'écrier vers elle comme si nous la chargions, Lydia et moi, de réussir ce que nous avions nous-mêmes manqué. Nous étions à une époque où les plus âgés voyaient mourir les plus jeunes. C'était à nous désormais de passer le relais ; c'était nos propres promesses de vie qu'ils se devaient d'accomplir : ils devenaient nos enfants.

Ils ne se disaient rien en se rejoignant puis ils marchaient côte à côte le long des étals du marché Cadet en se regardant parfois à la dérobée. Il avait peur de perdre Lisbeth dans la foule des acheteurs et lui prenait le coude, profitant des quelques minutes qui les séparaient de la porte de l'institut de massage où elle disparaîtrait, à l'angle de la rue La Fayette, pour goûter le bonheur d'avancer au même rythme qu'elle.

Pourquoi avais-je toujours accordé autant d'importance à la cadence des pas, à la variation de la marche, comme si tout, de la vie — les arrivées et les départs, les promesses et la naissance des trahisons —, se passait dans ces infimes décalages ? Je revenais sans cesse — comme vers une source dont le fond de sable troublait, en remontant, la transparence — à ce matin de paix où ma mère m'avait demandé de l'accompagner jusqu'à la villa de l'Administrateur : elle espérait qu'il l'aiderait en obtenant pour elle, auprès de l'inspecteur d'académie de Constantine, un poste d'instructrice, susceptible d'arrondir nos fins de mois. Etait-ce l'abandon de son corps frémissant de la secrète imploration que sa démarche aboutît, son manque d'assurance qui, derrière ses lèvres blanches, lui faisait reprendre sans fin les mots de sa requête; était-ce son besoin de partager la crainte que sa dignité ne fût, dans un instant, heurtée par l'indifférence ou un sourire hautain de l'Administrateur (elle ne l'avait approché qu'une fois lorsque, au terme de la fête du quartier, il l'avait, depuis la tribune des officiels, complimentée sur les figures « parfaites » des cerceaux de roses et de jasmins dont elle avait réglé le ballet) elle ne me devançait plus de son pas altier. Elle ralentissait souvent, au contraire, pour que je fusse à sa hauteur et réduisait l'écart entre nos corps qui se hâtaient dans le désert des rues brûlantes. Il lui arriva même, au bout du mur de clôture du champ de courses, de me caresser furtivement les cheveux; j'étais tellement étonné par son geste de tendresse que je crus au début dans l'odeur des litières de chevaux, de la poussière de paille et du ciment chaud, à une bouffée de vent du sud qui aurait soudain pris — grâce à sa lourdeur de sable tourbillonnant — la consistance d'une peau humaine.

Elle me prenait parfois la main pour m'aider à franchir les ornières des ruelles ravinées par les orages de printemps et consentit même à s'arrêter pour me permettre de cueillir sur le chemin de la villa un bouquet de boutons-d'or. Je le lui tendais en tremblant qu'elle ne le rejetât car il risquait de tacher, si elle le gardait dans les mains, ses gants de satin rouge. Mais elle l'acceptait aussitôt et le serrait contre son sac noir avec une gravité rayonnante comme si elle voyait dans les fleurs de printemps un talisman destiné à assurer la réussite de sa requête. Lorsque surgit le portail gardé par deux Kabyles dont la chéchia pourpre flamboyait sur le gris du ciel de sirocco, elle s'arrêta et amena ma tête sur sa poitrine. Cette étreinte me parut une éternité d'effusion dans laquelle je puiserais la patience qui — en me donnant l'illusion d'avoir été un instant aimé — me détournerait de la tentation des fugues répétées dont j'étais devenu coutumier. Elle haletait de toute l'anxiété de sa démarche qu'elle s'affolait soudain d'avoir osé entreprendre. Devant son corps amolli d'appréhension, prêt à se détourner de la villa sans qu'elle ait exprimé sa requête, je lui donnai le bras pour la contraindre à marcher vers le portail qui, d'ailleurs, s'entrouvrait déjà devant nous.

Le costume blanc de l'Administrateur se détachait dans l'ombre des allées ; il venait à la rencontre de ma mère. Elle semblait s'étonner d'une telle prévenance et, soudain gênée par son bouquet de fleurs des champs parce que — croyait-elle — il était incompatible avec la dignité de sa démarche, elle me le rendit très vite en me demandant de l'attendre sur le banc d'osier, face au jet d'eau qui arrosait, en tournant, les asters violets. Une fois qu'elle s'était éloignée vers la véranda aux côtés de l'Administrateur, j'allais y poser le bouquet de boutons-d'or pour qu'il perpétuât — dans le frémissement mauve du massif nacré par la poussière du vent du désert — nos retrouvailles d'un instant et restât le témoin d'un rapprochement accompli au hasard d'une promenade. Je devinais, derrière la rotonde de vitres bleutées, sa silhouette qui traversait la pénombre du salon avant qu'elle ne s'assît dans un fauteuil face au bureau de l'Administrateur et priais à voix basse pour que sa requête aboutît. Je serais fier, quand elle serait devenue « instructrice », d'aller la chercher à la sortie de l'école, effaçant ainsi les remarques blessantes de mes camarades qui, reproduisant les réflexions de leurs parents, nous reprochaient de vivre comme des « romanichels ».

J'étais allé me promener parmi les orangers, là où les canalisations débordaient. Elle devait me chercher, depuis un moment, dans l'ombre des allées ; elle n'osait pas crier de peur que ses appels n'apparaissent déplacés à l'Administrateur, entouré maintenant par un cercle d'invités sur la véranda de la villa. Lorsque je la rejoignis, elle me saisit aussitôt par le bras et m'entraîna très vite, en ne me laissant pas le temps d'aller recueillir le bouquet de boutons-d'or qui tranchait, par son éclat, sur le mauve sombre, presque noir, des asters trempés. Dès que nous franchîmes le portail, elle me devança à nouveau sans tenir compte de ma course affolée derrière elle. C'en était fini, de la coïncidence dans l'avancée de nos corps, de cette ébauche d'amour qu'elle m'avait consenti dans le trajet d'aller. Je reconnaissais la palpitation nerveuse à la commissure des lèvres qui, chez elle, témoignait toujours d'une satisfaction incertaine précédant le retour de l'anxiété, la renaissance du tourment qui la faisait reconsidérer avec une ironie et un doute acérés les mots qu'elle avait prononcés au cours de sa requête : « Ai-je bien dit ce qu'il fallait dire ?... N'ai-je pas été trop audacieuse ?... Trop vaniteuse ?... Que va-t-il penser de moi, désormais ?... » Dans cet examen voluptueux de ses pseudo-déficiences qu'elle ressassait jusqu'à l'évanouissement de l'esprit, harassé par cette battue du remords, elle s'employait à expier le charme dont j'étais certain qu'elle avait fait preuve au cours de son entretien. Peut-être voulait-elle se punir — en s'imaginant avoir montré de l'insolence ou de la prétention — de la force à laquelle sa propre mère l'avait, depuis l'enfance, persuadée qu'elle ne pourrait jamais accéder. Pour se retrouver elle-même, être assurée de sa propre existence, il lui fallait ensuite coûte que coûte se convaincre qu'elle n'avait pas été « à la hauteur ». Et, bien sûr, à ces moments-là vibrant d'autodérision, elle n'autorisait à son entourage aucune consolation ou encouragement qui aurait pu la sauver de ce supplice intime, de cette ferveur d'humilité que j'aurais voulu détourner — ou, tout au moins, atténuer — en lui disant combien elle m'apparaissait radieuse de vivacité et de beauté. Avec la grâce des traits de son visage qu'avait affiné l'oubli de plaire, ses longues mains dans les gants de satin rouge (dont l'élégance — pensais-je — en aurait « remontré » aux femmes des colons qui enviaient son « chic » naturel car elle ne se souciait pas de l'effet produit), son corps svelte qui n'avait rien perdu de sa légèreté adolescente, épousé par la robe de printemps dont la blancheur du corsage l'emportait sur les iris imprimés dans le plissé de soie à partir de la taille, ses jambes vigoureuses dont les muscles saillaient à chaque foulée. Mais je savais d'avance qu'elle serait exaspérée — voire indignée — par mes paroles d'hommage tant elle restait fidèle à son serment d'abnégation tourmentée : il m'épouvantait parce que je sentais qu'il servirait d'exemple à ma vie entière et suffisait déjà à glacer les velléités d'assurance qui se risquaient à éclore en moi.

Aussi, prisonnière de cette torture mentale qui, accompagnée de la volupté du conditionnel — ce temps béni du remords —, devait, dans la nuit sacrificielle qui descendait sur les terres brûlées de ses espérances, lui faire répéter à l'infini : « Je n'aurais jamais dû dire cela... Jamais... Il aurait fallu que j'emploie une autre formule à ce moment-là... Que je réagisse autrement... Ça va me perdre, j'en suis sûre... », elle oubliait que le meilleur bourreau, le plus apte à distiller les punitions exquises, c'était elle-même qui, accélérant sa marche de victime avide de souffrances fictives, se hâtait (tandis que je me laissais gagner, à mon tour, par l'ombre de ses tourments obscurcissant devant moi le ciel des marelles qui me devenaient interdites) de rejoindre le lieu privilégié de sa réclusion : la cuisine. Tout en repassant mille fois la lavette sur le bord de l'évier dont l'émail ne brillait jamais assez avant de la tremper dans l'eau de Javel et de l'essorer jusqu'à ce qu'elle fût aussi propre qu'un mouchoir de dentelle, elle recomposait sa requête, en rectifiait les phrases à voix basse, avec la fièvre anxieuse d'un artiste épris de perfection. Faute d'avoir découvert la version juste qui aurait convenu, elle s'abîmait dans le mouvement presque convulsif du balai avec lequel elle s'escrimait à lutter contre le vent de sable qui, dans le salon orienté à l'est, réussissait à s'infiltrer sous la porte-fenêtre malgré le bourrelet de tissu cloué à la base.

Rien ne la tirait de cette quête de souillure qui l'entraînait vers les débris d'ailes de sauterelles logés dans les encoches de la balustrade du balcon ou les embryons de nids d'hirondelles sous l'auvent d'ardoise qu'elle détruisait avec un soulagement euphorique, hormis, parfois, une volte-face étonnée, une sorte de stupéfaction triste devant le désert du jour. Elle s'asseyait enfin et plaquait les mains sur son ventre. Des larmes traversaient le haut de son corps qui se voûtait sous leur tumulte tiède, balançaient ses épaules avant d'affleurer à ses yeux et de baigner son visage incliné. Ces mêmes larmes dont, quelques jours plus tard, elle mouillerait la lettre dactylographiée lui annonçant qu'elle avait obtenu un poste d'instructrice à l'école du Stand. Lorsqu'elle se pencha sur le mot de l'Administrateur qui accompagnait l'avis officiel, lui disant combien il était heureux de la réussite de son intervention, les pleurs redoublèrent. Ils étaient davantage dus à un relâchement des nerfs vrillés pendant des semaines qu'à un véritable contentement puisque, quelques instants plus tard, errant dans la maison où ses mains qui tremblaient semblaient à la recherche d'une tache suspecte sur un objet dont elle pourrait aussitôt s'emparer pour le nettoyer, elle répétait dans son délire de doute : « Je ne sais pas si j'y arriverai... Je ne suis pas à la hauteur... J'ai tout oublié depuis le B.E... » (ce diplôme dont elle ne se souvenait même pas qu'elle l'avait obtenu dans sa jeunesse à Tizi-Ouzou et qui serait resté enfoui dans un dossier si sa vieille amie, Lucie Soum, ne l'avait convaincue qu'il était loin d'être « négligeable » et pouvait désormais lui être utile).

Jamais je ne l'aurai vue dévier de cette loi intime d'insatisfaction qui gouvernait son existence — sauf les matins de février où, s'accordant une pause de bonheur, une trêve de plénitude dans la lumière pâle des hauts plateaux, elle s'agenouillait sur la terre gelée du jardin et, fendillant de ses ongles les plaques de givre, procédait à l'exhumation tendre des crocus ou des frêles pousses des lys nains qu'elle abritait entre ses mains comme des poussins qu'elle soulageait du froid de l'hiver. Elle soufflait sur les ébauches de tiges et les perles des pétales recourbés comme si elle voulait leur transmettre l'espérance d'un printemps à laquelle elle avait elle-même renoncé pour mieux leur insuffler l'ardeur de ses rares croyances — au règne des saisons, à la beauté du ciel, à la paix de la terre — que les fatigues de l'existence n'avaient pas encore éteintes.

On n'échappe jamais au regard d'une mère : même si, dès l'adolescence, j'avais pris le parti de me tenir éloigné d'elle, même si, aujourd'hui, je m'obstinais à ne plus lui rendre visite (bien que je continue à rêver que j'arriverais, un matin ensoleillé, aux Platanes, la sortirais de son lit avant de la prendre dans mes bras et de glisser à ses doigts perclus d'arthrite les gants de satin rouge qu'elle gardait depuis des années dans le tiroir de l'armoire), je ne me suis jamais soustrait à cette loi d'insatisfaction qu'elle m'a transmise et que, très tôt, j'ai incorporée à ma propre vie. Et peut-être n'ai-je choisi d'embrasser une sexualité peu orthodoxe que parce que j'étais assuré de trouver en elle, qui érigeait en dogmes les caprices du désir et les aléas de l'amour, le terrain le plus propice au règne d'un narcissisme destructeur. Car aimer un autre homme, c'était vouloir le punir de son propre désir et le condamner — en dépit du triomphe des nuits et de la liesse des étreintes faciles s'évanouissant aussi vite qu'une vapeur de pluie passagère dans une aube d'été

— au meurtre de sa propre image, à l'inépuisable lacération d'un rêve de fusion que tentaient de noyer la musique des soirées, le carnaval des corps et la débauche sarcastique des sentiments.

VI

Je n'avais qu'une hâte, dès que la nuit tombait : rejoindre Le Vagabond. C'était le seul rituel auquel je demeurais fidèle, le lundi où il fermait m'apparaissant comme un jour désert. Je courais presque jusqu'à ce qu'apparaissent, en face de la rue Thérèse, les lumières du Royal-Opéra. Comme insensible aux rafales de pluie glacée qui avaient succédé à la neige au début de la soirée, un homme me regardait arriver depuis l'angle du trottoir. A peine l'ai-je reconnu d'abord, mon oncle Noël. Son visage, recru d'alcool, semblait recouvert d'un masque poreux — traversé, à la hauteur du menton, par une série de très fines entailles pareilles aux cicatrices d'un verre qui se serait brisé sur ses lèvres. Seuls ses yeux avaient gardé un peu de leur pétillement bleu et narquois d'antan. « On se retrouve, n'est-ce pas ?... », s'exclamait-il. Il eut une sorte de ricanement meurtri en s'étonnant de ce que j'avais refusé de le voir lorsque, mardi dernier, il m'avait annoncé, au téléphone, son arrivée à Paris. « Je suis ton oncle, non ?... », insistait-il avec un accent ironique d'affection simulée. Il savait bien qu'il était sorti de ma vie depuis le soir de juin 1968 où j'avais quitté sa maison de Thuir : il m'avait déclaré qu'il regrettait que l'armée n'ait pas tiré sur les étudiants et ne m'ait pas supprimé du même coup, avant de me poursuivre de ses menaces de militaire vieillissant dans l'ombre de l'allée de mûriers où je fuyais, décidé à ne plus jamais le revoir.

Agacé par mon silence de froideur lasse, il essayait de réveiller la vieille indignation que les années avaient pourtant assourdie en moi. Il tenait à m'apprendre — avec un air de bravade et de morgue exaltée — que, s'il était revenu à Paris, « cette ville finie », c'était pour retrouver d'anciens camarades officiers des campagnes d'Indochine et d'Algérie. Ils avaient décidé de se réunir dans un hôtel de la Cité Bergère pour — comme il le disait avec un accent de défi — « se remettre dans le bain » — histoire, sans doute, de commémorer, dans le huis clos de beuveries où ils claironnaient leurs exploits défunts, des souvenirs de batailles et de razzias où ils s'étaient donné l'illusion de l'héroïsme et de se convaincre que, malgré leur vie en berne, ils avaient encore un rôle à jouer dans une société française dont ils ne s'apercevaient pas qu'elle avait ensablé leurs noms dès lors qu'elle n'avait plus eu besoin d'eux.

A quelques mètres de nous, ses compagnons piétinaient dans les dernières régions de neige bleue qui se décomposaient sous les bourrasques noyant, derrière eux, les vitres et les lumières du Royal-Opéra. Engoncés dans leurs identiques manteaux bruns qui ressemblaient, de loin, à des tenues de gardes territoriaux, se donnant de temps en temps des tapes bourrues dans le dos, on aurait dit qu'ils voulaient se donner à eux-mêmes l'impression d'une part d'armée qui, cantonnée dans ses quartiers d'hiver, attendait le retour de la saison des armes.

Son ancien aide de camp, François Rocca-Serra, s'approchait : il boitait depuis qu'un éclat de mortier avait touché son genou droit dans les premières heures des combats de Diên Biên Phu. Sur le visage ruisselant de Noël, je lisais la gêne — d'avoir à reconnaître notre lien devant ses camarades — et, l'emportant presque aussitôt, la jubilation de l'occasion qui lui était donnée de me provoquer en public. Et comme s'il ne s'était rendu à ce niveau de l'avenue de l'Opéra que pour me croiser et me dire — en m'en désignant l'autre bord d'un mouvement de menton rageur : « C'est votre quartier réservé, non ?... Là où vous faites vos petites affaires... » Il semblait s'impatienter déjà que je ne réagisse pas, et, la voix tremblant d'une frénésie froide : « Il paraît que tu fréquentes une boîte qui s'appelle Le Vagabond ?... » Puis, se tournant vers les autres avec un rire excité : « Si on allait y faire une descente tout à l'heure, histoire d'y mettre de l'ambiance... » Ils acquiesçaient, les yeux brillant de grivoiserie et d'aversion.

La pluie recouvrait sur les lèvres de Noël d'autres paroles que je ne comprenais pas. Je percevais juste un bougonnement de répulsion maussade. La peau de ses bajoues était tiraillée de frissons nerveux, de moins en moins espacés, comme la nuit d'hiver, à Saint-Arnaud, où il trônait, un verre à la main, au milieu des Tamaris. Sa vareuse portait encore l'odeur de résine et de caoutchouc flambés des défilés des Portes de Fer d'où sa compagnie revenait de plusieurs semaines d'opérations. Il étendit le bras en leur commandant de se taire pour écouter, traversant le silence de la neige sur les champs d'orangers, l'écho sourd des tambourins et des mélopées qui montaient des alentours du village nègre. Il reculait vers la scène des Tamaris et, campé devant le rideau couleur d'azur salé, leur proposait d'aller « donner une leçon » à ceux qui osaient braver le calme du couvre-feu : les jardiniers de la villa de l'Administrateur et les employés de l'aéroport qui — paraît-il — se réunissaient chaque nuit pour comploter dans une maisonnée de l'ancienne cité lacustre. Mais ils avaient eu beau s'élancer aussitôt sur le chemin des marais, la neige et l'ivresse les avaient arrêtés à la hauteur de l'aqueduc d'Auguste Valère où ils avaient fini par se replier sous la dernière arche — déjà vaincue, cette traîne de légion qui n'arrivait même pas à rejoindre la source des chansons d'hiver.

« Vous en êtes réduits à ça?... », lui dis-je. Parce qu'il sentait que je n'accordais plus guère de crédit à ses menaces, il s'apprêtait à me repousser mais, déséquilibré par le sursaut de sa main levée, il dérapait sur une plaque de verglas avant de se retenir à l'épaule de François Rocca-Serra qui, dans un geste de connivence embarrassée, me faisait comprendre qu'il valait mieux que je m'éloigne. Je m'en allai vers la rue Thérèse et ne me retournai qu'en arrivant près de la palissade qui restait du chantier des Ephèbes. Comme pour effacer sa déconvenue, Noël se tenait là-bas, devant la porte tambour du Royal-Opéra, offrant, dans l'ébauche d'une révérence, son bras à la jeune femme qui émergeait du tourbillon de lumières.

Il écartait d'elle les rafales de neige fondue puis l'aidait à ouvrir son parapluie. Comme si une très ancienne délicatesse — qui était, peut-être, le gisement perdu de son caractère — remontait du fond de son corps et venait troubler ses gestes, leur donnait une douceur tremblée, il la guidait — tel un serviteur ébloui — à travers les flaques. Il retrouvait, dans la prévenance de ses pas, un peu de son élégance de page qui, par la bonté joviale de ses traits et ses lèvres rosies de sensualité tendre, bouleversait, au moment où il apparaissait dans la salle du mess des officiers à Sétif, les femmes des colons invités : il les faisait danser avec une gaucherie rieuse qui achevait de les conquérir avant de les entraîner vers les allées de jasmins où, avec une effronterie presque naïve, il saisissait, dans la nuit des eucalyptus, leurs bouches brûlant d'admiration et de désir.

Peut-être voulait-il, ce soir, prouver à ses compagnons qui le suivaient — tels des cadets balourds et émerveillés — qu'il était encore capable de séduire et de les entraîner dans la ronde de ses conquêtes. Mais l'inconnue courait maintenant à la rencontre d'un homme sanglé dans un imperméable noir. Noël s'arrêtait net, oscillant sur lui-même au bord du trottoir et ne sachant quelle parade donner à son honneur blessé. La pitié l'emportait en moi sur le ressentiment — à le voir s'enfoncer, irrésolu et défait, dans la nuit de Paris.

Dès que s'ouvrit la porte du Vagabond, je reconnus la voix de Lydia qui, dominant la musique, s'exclamait : « Ecartez-vous... Je vais être en retard à L'Oiseau... » Elle avait — en jouant des coudes pour se frayer un chemin à travers les groupes de clients — cet air d'orgueil canaille, ce déhanchement malin, cet allant d'intrépidité cordiale qui l'avaient fait aimer de tous, ici. « Profitez... Mais profitez de la vie !... », disait-elle, chaque fois qu'elle atteignait le vestibule, aux inconnus qui, gênés par leurs vêtements élimés ou la difformité de leurs corps, se tenaient en retrait, appuyés à l'étroite banquette, sous la seule part de plafond exempte de miroirs et dont la poutre traversière portait, en son milieu, une ancre de plâtre — tels des passagers qui, se croyant indésirables et s'étant relégués d'eux-mêmes dans la nuit de l'extrémité d'un pont, se contentaient d'écouter la rumeur d'un bal qui se poursuivrait jusqu'à l'aube dans les lumières des hauts salons. Tirés de leur feinte somnolence par l'appel de Lydia — qui leur semblait monter d'un océan d'ombre —, ils la regardaient, stupéfaits qu'on pût s'intéresser à eux. Elle leur secouait le bras pour les obliger à se lever et les conduisait, étourdis d'un tel afflux de vie, parmi la foule où — ne serait-ce que pour se donner une contenance — ils se risquaient enfin à sourire.

Dès qu'elle arrivait près de moi, elle ajustait mon foulard, retirait un fil sur le revers de ma veste et vérifiait que le col de ma chemise n'avait pas de faux pli : elle voulait toujours que nous soyons impeccables et dignes de la nuit : « Notre vraie mère, la nuit... La seule qui vaille la peine d'être aimée... » Elle suivait ainsi la tradition des Rajpoutes qui — au moment où ils comprenaient que l'issue d'une bataille allait leur être fatale — revêtaient leurs habits de noce et, rayonnant de bleu et d'or, allaient droit vers les lames des sabres que l'ennemi pointait vers eux. Une fois sur le trottoir, elle se penchait pour repérer les empreintes qui auraient pu ternir l'éclat de ses escarpins en satin pourpre et talon boule en strass. Puis elle aplanissait les fronces sur les versants de sa robe de soie bleue : celle qu'elle porterait, dans un instant, sur la scène de L'Oiseau de Nuit et dont Lisbeth avait dû, plusieurs fois déjà, au fil des mois, rectifier la taille afin qu'elle continuât à la mouler. Elle nouait à peine les cordons de sa cape de velours gris-roux : elle aimait la sentir frôler, dans son dos, le trottoir de la rue Thérèse, les escaliers ou le sol des dancings — pareille, selon elle, à la dépouille d'un renard que, dans le silence des nuits sans lune, des cavaliers promenaient derrière eux pour attirer les loups vers les trappes d'une plaine enneigée. « Mais c'est plutôt moi qui tombe dans leurs pièges... », ajoutait-elle avec une malice désenchantée. Elle se remaquillait en tirant de son sac le poudrier ovale en nacre rosée que lui avait légué Viviane Roger et puis : « Accompagne-moi... Je vais chanter une chanson de toi, ce soir... », me disait-elle en cherchant à m'entraîner vers le taxi. Comme je me retournais déjà vers Le Vagabond : « Ce n'est pas la peine d'entrer... Il y a trop de monde... Va plutôt à L'Illusion... » Je m'étonnais de son conseil mais préférais rester tandis qu'elle me criait, en ouvrant la portière du taxi : « Rejoins-moi à la maison... Même tard... Tu sais que j'aime dormir près de toi... »

La seule chose qui étincelait, là-bas, dans le ciel de miroirs, c'était la petite croix d'or que Martín portait dans l'entrebâillement de sa chemise. Il l'amenait à ses lèvres pour la mordiller — selon le geste coutumier qu'il avait lorsqu'il était gêné : il venait de m'apercevoir et détournait les yeux vers le masque de l'Amour auquel demeurait suspendu un bouquet de perles de la soirée de Noël. Il était habillé tout en blanc, coiffé avec soin, rayonnant d'assurance joyeuse. Comme il était différent de la nuit lointaine de janvier où je l'avais découvert, s'abritant de l'averse de neige sous le porche de l'immeuble de la rue des Acacias où je louais une chambre au fond d'un grand appartement. Il tremblait alors, voûté de froid dans sa vareuse de toile et son jean de velours sans couleur, les yeux rivés sur les lumières du hall où il me suppliait en silence de lui permettre d'entrer — éberlué d'anxiété à la manière d'un conspirateur traqué comptant les secondes qui le séparaient de l'apparition de ses poursuivants. Je comprenais — après qu'il s'était séché dans la chambre — que ses vêtements pauvres, ses traits hagards et cette allure de fugitif se repliant dans l'ombre d'un porche de Paris, c'était sa façon, à lui, de rester fidèle au climat clandestin de son adolescence de guérillero (son regard se voilait d'une lassitude orgueilleuse en prononçant ce mot) qui avait posé une charge de plastic sous une voiture garée dans le quartier des ambassades, à Montevideo. A la suite de cet attentat — qu'il me décrivait avec un mélange de dureté amère et d'enthousiasme enfantin —, il avait dû (menacé d'être arrêté par la police : mais l'aurait-il seulement été ?) fuir loin de l'Uruguay où il ne reviendrait jamais — s'était-il juré — sauf pour embrasser sa mère le jour où on le préviendrait qu'elle s'éteignait. Il évoquait avec davantage de distance — une sorte d'exaltation tempérée par un doute latent — son éducation dans une base militaire de Cuba dont il conservait, avec une piété désuète, la vareuse qu'il portait alors, le regret d'un camp de sable et de paille où flottait une odeur de lauriers-roses et d'espadon dépecé et le souvenir du fuselage des torpilles englouties — aussi doux au toucher que des corps d'éphèbes noyés dans l'azur des hauts-fonds — qu'on leur demandait de repêcher dans le dédale des chambres de coraux. Il fut heureux à Budapest, là où, pour la première fois de son existence, il vit la neige : elle se déposait sur les barres en fer des mors des chevaux rassemblés dans la cour de la caserne où, comme des prisonniers de luxe, ils traînaient d'un cours d'instructeur à des lectures collectives de traités. Les tourbillons de flocons dans lesquels nous nous promenions, l'hiver dernier, lui paraissaient venir de l'Est du monde.

La neige ne cesserait d'avoir pour lui cette odeur de cuir d'œillères et de rênes givrées — comme il me l'avait confié dans la tiédeur de la chambre avec un besoin d'abandon que corrigeait aussitôt une réserve d'instinct car son passé de militant le rendait réticent à toute effusion et gauche dans la moindre esquisse de plaisir. Sa peau tremblait d'inexpérience, d'envie et de tourment lorsque je me risquai enfin à lui retirer la croix avant de la faire glisser le long de son visage. Il semblait pourtant se démarquer de son passé en cessant, peu à peu, de se rendre dans un appartement de la place des Fêtes : ses anciens compagnons de lutte y entretenaient le mythe de la révolution finale à coups de chants guerriers et de tequilas où se noyaient les derniers reflets d'une croyance à laquelle ils adhéraient moins par conviction que pour dissimuler l'aigreur d'une jeunesse ruinée et l'incapacité d'entrer à nouveau dans la vie. Il lui arrivait de se moquer d'eux avec des accents de dérision sèche et des remarques de scepticisme acide : « Ils ont cru pouvoir changer le monde... Mais c'est le monde qui les a changés... Sans même qu'ils s'en rendent compte... », disait-il. Malgré ses élans de clémence, ses impulsions d'indulgence et sa délicatesse d'enfant qui s'aventurait, avec une panique éblouie, dans le domaine des baisers, il avait gardé au fond de lui un ressentiment sourd à l'égard de tout ordre que ce fût. Ce vœu d'inadaptation (qui n'était, au fond, qu'une jalousie d'homme flottant dans ses sentiments comme dans ses désirs) le maintenait à l'affût de ce qu'il pouvait encore casser — les voitures et les amours — afin de se prouver à lui-même que rien ne saurait le faire s'ancrer dans une société à laquelle il se devait de demeurer hostile.

Aussi accueillait-il, avec une délectation presque féroce, tout ce qui pouvait le conforter dans son exécration des règles sociales. Il était quasiment radieux — de voir confirmées ses aversions d'origine — le soir où, pénétrant avec lui, à l'improviste, dans la salle à manger où un dîner se déroulait dans une profusion de bouquets et de flambeaux, Marc Favier, le maître de maison, avait, en se levant brusquement (en même temps que toutes les têtes des convives se tournaient vers nous), gardé le regard baissé vers le large accroc de son jean et les vieux mocassins en daim encore ruisselants de pluie. Puis il s'était écrié — dans un maintien tendu d'inquisiteur mondain : « Emmène-le ailleurs... », avant d'éteindre, avec le sang-froid exercé de l'avarice, les lumières du couloir sur nos silhouettes qui refluaient vers la cage d'escalier.

« Ton hispanisme te perdra... Il est temps que tu

arrêtes cette histoire... », m'avait dit, le lendemain, Christian, en me voyant poursuivre une aventure qu'il jugeait « perdue d'avance ». Il s'inquiétait de constater qu'elle me faisait couper, un à un, les liens avec le cercle de mes anciens amis (peut-être m'étais-je laissé gagner, à mon insu, par le goût de la clandestinité de Martín, entraîner par son entêtement à rejeter un monde qu'il dénigrait parce qu'il s'en sentait méprisé). J'avais accueilli sa remarque en protestant d'autant mieux que je savais combien ses prédictions sur mes passions s'avéraient justes. Il connaissait, mieux que quiconque, mon attrait pour tout ce qui favorisait cet état de détresse vagabonde où — une fois éteints au loin les feux des dernières balises — je puisais une volupté inquiète qui me tenait lieu de bonheur.

Christian s'était, bien sûr, aperçu, ce soir, que j'étais loin de Martín et que nous ne cherchions pas à nous rejoindre. Il m'épiait du fond du bar, le visage cramoisi sous le chapeau de feutre roux, son corps de géant jouisseur pris dans la cape vert bronze (mon côté « chasse en Bohême », plaisantait-il quand on s'étonnait qu'il la gardât dans la chaleur du Vagabond). Tandis que, face à lui, je feignais d'être indifférent à la fin de l'amour, je me rendais compte que c'était cette attitude même de comédie qui avait, peu à peu, altéré notre amitié — ce désir de donner le change, cette résurgence de l'orgueil qui nous empêchait désormais de mettre nos cœurs à nu, cette imperceptible tenue de scène que nous avions revêtue pour déguiser les traces de nos débâcles.

J'entendais, de ma place, le rire de Martín. Il crépitait comme une mèche de fouet lancée contre la surface des miroirs. Ses éclats de joie fusaient, dans le désert de mon cœur, comme les étincelles des sabots ferrés des chevaux de Budapest qui, avec les feux de leurs boucles de cuivre et le battement de leurs genouillères de toile jaune, s'emballaient dans les cours des casernes noires. Depuis la fin de l'été, je me demandais où et à quel moment Martín s'éloignerait pour toujours : un matin, au bout d'un couloir, ou un soir, sous la fin des lumières d'un boulevard. Jour après jour, je me préparais à sa dernière volte-face qu'il voudrait découragée (le geste de démission de ses bras lâchés, le hochement médusé de la tête comme brûlant d'incompréhension). Je m'y étais habitué lors de ces répétitions générales d'adieux que nous avions eues dans les aubes de juillet où, dans le désert des places ou des jardins, nous recensions en silence les faux accords qui s'étaient multipliés entre nous durant la nuit.

Eh bien, c'était là, au Vagabond, que tout s'achevait. Le Vagabond où il osait à peine entrer, la première fois où je l'y avais emmené : retranché comme un figurant de dernière zone, une sentinelle d'ombre qui essayait de se confondre avec la nuit de velours du rideau de l'entrée, il serrait, jusqu'à presque le briser, le verre qu'il avait consenti à prendre. Je lui avais appris à dominer sa rage farouche, son impassibilité de réprobation qui n'était que le masque d'un désir crispé. Il s'était détendu au fil des mois, se risquait même à traverser le bar et à répondre aux sourires qui lui étaient adressés. Il s'était délivré de sa vareuse cubaine, de ses mocassins informes et de son pantalon flétri pour apparaître dans des tenues de plus en plus claires. Ne détournant plus la tête quand il lui arrivait de s'apercevoir, par mégarde, dans les parois de glaces, il apprenait à s'aimer, à devenir assez léger pour entrer à son tour dans la ronde des badinages, gagné par le vertige des propos frivoles et des engouements instantanés — une main qui lui serrait l'épaule ou s'égarait dans ses cheveux : cela suffisait pour déclencher chez lui un sursaut de gratitude. Le Vagabond était devenu la scène étoilée où, tel un magicien de lui-même, il avait fait s'envoler de son corps l'ombre du péché. Je ne le reconnaissais plus dans la hâte qu'il mettait — comme pour rattraper le temps perdu — à séduire, dans sa manière presque convulsive de retenir ceux qui s'apprêtaient à partir pour L'Illusion et auxquels il glissait, affolé de ne pas jouir pleinement de la vie, un papier où il venait de griffonner son adresse. Dans le mime des étreintes qu'à notre retour à l'aube il me consentait par pitié ou une vague reconnaissance envers ce que j'avais pu lui apporter — la révélation des cabarets de Paris, le souci de l'apparence, la connaissance de quelques mots indispensables pour charmer tel ou tel —, je savais — à ses yeux fermés, aux noms qu'il se retenait à peine de murmurer — qu'il ne s'excitait qu'en se rappelant la peau de ceux qu'il avait rencontrés plus tôt dans la soirée. En s'imaginant les enlacer, il trouvait un simulacre de plaisir qui lui permettait de patienter. Dans le silence de la chambre alourdi par la conscience mutuelle du mensonge des baisers, il préférait, le front posé sur ses avant-bras, attendre que le corps de l'amour se décomposât de lui-même plutôt que d'y porter le coup de grâce. Ainsi son départ, préparé par la somme de ses absences et de ses torpeurs stratégiques, passerait pour anodin, une simple formalité en franchissant la frontière des années communes.

Tandis qu'on passait la bande des chansons des Ephèbes pour faire plaisir au vieil aveugle, Martín se retournait enfin vers moi — moins par envie que pour vérifier ma présence. Il m'adressait un salut de ses doigts croisés sur le côté. Un « salut de camarade » comme il le faisait pour ceux avec lesquels il avait discuté à peine une ou deux fois : voilà ce qu'il restait des moments éblouis que nous avions vécus — les journées d'été dans les chambres d'Andalousie où nous attendions qu'à travers les fentes des volets clos l'ombre du soir vînt glisser sur la blancheur des murs et le bord de nos corps nus ; nos bains en septembre dans la rivière d'Étel ; nos promenades sous les marronniers de Nevers ou sur les canaux de la Venise verte où il aimait baigner l'or de sa croix en se penchant hors de la barque vers les reflets des prairies et des donjons ; les quais de la gare de Madras où, enlacés sous la même couverture, nous dormions sur les dalles avec, pour nous bercer, la rumeur de la mousson et des cantiques tandis que, le long des voies, on ramenait des temples les enfants initiés, aux joues assombries de larmes de suie, qui nous frôlaient de leurs tuniques couleur de soleil noyé. J'avais cru, tout cet automne, que leur lumière, comme engrangée dans les labyrinthes du temps et protégée des bourrasques des cris et des reproches, resurgirait au hasard d'un regard ou d'une main effleurée et viendrait se propager dans le présent : il n'avait pas renoncé au voyage à Malte que nous avions projeté ; il n'avait pas songé à venir chercher les affaires qui lui appartenaient. Et dans cette dernière parade d'espérance, dans cet ultime emballement de crédulité, je sentais, retiré dans les régions intermédiaires entre le pardon et le regret, que je l'aimais encore.

La seule chose qui nous liait était ce même regard que nous avions vers le mouvement de houle épuisée du rideau qui, en s'entrouvrant, laissait retomber la poussière de neige sur les glaces de l'entrée : les dernières de ces « âmes fondues » qui, descendues du ciel de la rue Thérèse — là-bas, du côté de l'est —, venaient s'éteindre dans le champ de coucous et de lotus peints. « C'est fini... Tu entends ?... Fini... Laisse le rideau retomber... La comédie est terminée... Tu verras, l'oubli arrivera à pas de loup et se glissera dans ton cœur sans même que tu t'en aperçoives... Lorsque tu reviendras, dans quelques semaines, au Vagabond, vous vous placerez à nouveau côte à côte en vous parlant comme si de rien n'était... Sans penser que vous vous êtes, un jour, aimés... », semblait me dire Eduardo, du fond de la nuit de Zamora qu'il avait voulu traverser pour la dernière fois. Le vent brun de Castille dispersait sur les places et les marches des escaliers du fleuve les pailles des nids qui se défaisaient autour des miradors du pénitencier : c'était cela, l'hiver, là-bas. Je ne distinguais, sous la verrière du casino, que son manteau noir et ses mains blanches qui lançaient quelques plaques, au hasard. Les vieux joueurs se retournaient vers lui, étonnés qu'elles n'atteignent pas la table et retombent, avec un froissement d'ailes blessées, parmi les journaux qu'en arrivant ils avaient déposés près de leurs chaises. Je lisais sur ses lèvres qui palpitaient sous les reflets des globes de la salle de baccara : quelle importance, ces alarmes que l'on transforme en drames pour se donner l'illusion de mieux exister ? Que représentaient — me faisait-il comprendre —, quand il s'agissait de mourir, les désunions et les adieux ? Seule nous les faisait redouter notre peur du vide et de la réduction en poussière des années nomades qui ne laissaient après elles rien que l'on pût dignement raconter. J'aurais voulu qu'il continuât à me parler du fond de la nuit de Zamora qui prenait le goût de la neige brûlée sur les barreaux du soupirail de la dernière boulangerie éclairée où, avant de retourner au village aux côtés de sa mère, il irait chercher — comme l'un des ultimes plaisirs que la vie lui consentait — un beignet à l'anis. Mais il se taisait et se confondait déjà avec l'ombre des palmiers desséchés par l'hiver dans le quartier éteint de la chance.

Oui, il avait raison — avais-je envie de lui répondre — et n'était-ce pas une loi du Vagabond, acceptée par tous, que d'être le théâtre des amours passagères, de la parade des désirs emportés en coulisses aussitôt qu'exhibés ? Oui, mais avant, pour compenser le vide des passions éteintes, j'avais, qui m'attendait dans le silence de la chambre — avec la fidélité d'un enfant que j'aurais gardé secret —, la clarté de la lampe et la douceur des pages. Au fil des heures, alors que le besoin de revanche triste sur ceux qui avaient cessé de vous aimer se diluait entre les lignes, la paix arrivait. Il ne me serait resté de Martín que le scintillement de sa croix d'or flottant dans le ciel noir, son casque de cheveux drus prêt à se fondre dans la nuit puis le galop des chevaux de Budapest emportant, très loin, vers l'Est du monde, leur chargement d'âmes.

Aujourd'hui, il ne me restait rien pour colmater les brèches de l'existence et compenser le désert des jours. Tandis que s'achevait la vieille bande de la musique des Ephèbes, je retrouvais cet état de déserteur transi, sourd aux roulements de tambour de l'armée des mots qui, au loin, devenaient des morts dont je n'entendrais plus les voix, que j'avais connu, à l'âge de sept ans, dans les mois suivant un après-midi de juin, à Saint-Arnaud. Le sirocco recouvrait d'un jour poudreux les champs d'orangers et les palombières des marais. Seul, sur la terrasse, je ne répondais pas aux appels de mes camarades qui, depuis le trottoir de la rue Ampère, me demandaient de les rejoindre. Retranché dans l'ombre de l'auvent d'ardoise qui surplombait les lucarnes de la buanderie, j'observais la fuite des lézards dans le tumulte de sable. Puis je pris mon cahier de brouillon et me mis à écrire. Longtemps. Cela dura presque tout l'après-midi. Dans un état d'inconscience et d'exaltation sensuelle à peine troublée par la voix du porteur d'eau qui traversait l'esplanade de la gare. Puis je sentis une ombre immense me recouvrir. Je crus, d'abord, que c'était le soir. Mais non, c'était ma mère. Elle me demanda ce que j'étais en train de faire, et comme j'étais incapable de lui répondre — tant j'étais devenu aveugle à tout ce qui m'entourait, du monde — elle me prit le cahier d'entre les mains. Je n'esquissais pas le moindre mouvement de protestation. Tandis qu'elle parcourait les pages, son visage se figeait dans une sorte de détresse froide puis de colère blessée. Elle me gifla, déchira le cahier et courut dans l'escalier pour le jeter dans la caisse d'ordures. Quand elle revint, elle me regarda avec dégoût et me secoua plusieurs fois le bras comme si elle voulait le détacher de mon corps. Puis, lasse soudain, saisie d'un de ces épuisements nerveux dont elle était coutumière, elle m'enferma dans la cuisine. Je restais hébété dans l'ombre de la pièce, accoudé à la toile cirée rouge où reposait le bol du goûter qu'elle avait pris, seule. Je ne comprenais pas d'abord sa colère. Mais, peu à peu, je pris conscience que ce que j'avais écrit, c'était une succession de scènes érotiques. Sans lien, sans logique. Je les avais déroulées en toute liberté, poussé par l'instinct d'un plaisir rêvé. Je ne nommais même pas les parties du corps censées donner de la jouissance. Je ne songeais sans doute qu'à la volupté d'un amour informe, brut — qui avait l'odeur des peaux imprégnées par le jus des nèfles gorgées que mes camarades et moi dénudions ensemble derrière le champ de blé, à midi.

Ma mère ne revint me chercher que pour m'obliger à me coucher bien qu'il ne fît pas encore nuit. J'attendis que le silence s'installât dans le quartier après le crissement des pneus de la dernière voiture qui s'éloignait des Tamaris. Je descendis l'escalier à tâtons et m'approchai de la caisse d'ordures. Le cahier avait disparu. Je suffoquai dans l'obscurité moite de juin et remontai vers ma chambre avec un cœur alourdi de vieillard. Le lendemain matin, en classe, je ne parvenais même pas à tremper mon porte-plume dans l'encrier de porcelaine. Il me fallut des jours pour retrouver la souplesse de mes doigts, pouvoir inscrire quelques signes sur une page. Tout revint, bien sûr, de la mobilité de la main et de la grâce des heures où j'écrivais sans relâche. Mais pendant très longtemps je conservai la secrète appréhension que quelqu'un s'approchât à nouveau, me prît le cahier d'entre les mains et le déchirât.

C'était simplement la vie qui me l'ôtait à nouveau. Si je retardais tant le moment de rentrer et préférais me noyer dans la foule du Vagabond, c'était pour ne pas revoir la table vide — qui se dressait comme un reproche de bois glacé — et connaître le remords des soirs où je travaillais sans me lasser, heureux comme un messager qui, sur le chemin de sa mission de nuit, appelait tous ceux qui voulaient lui confier d'autres missives. Il les apportait à bon port pour le plaisir, pour la seule jouissance de colporter des mots d'amour et de confiance qu'il répétait indéfiniment dans sa traversée des régions endormies afin d'être certain de n'en trahir ni le ton ni la teneur à l'arrivée — quand, les yeux brûlés de vent et de mémoire, dans la paix bleue de l'aurore, il les dirait sous les balcons des villes inventées.

Amer m'interpellait et, une fois de plus, me tirait de ces absences, de ces envoûtements de vide que favorisait Le Vagabond, avec ses plages de voix et de musiques tamisées — comme dans une salle de théâtre où, avant les actes, les conversations s'inclinaient devant le noir juste avant que le rideau ne se levât. Il m'exhibait sous les yeux sa nouvelle montre et, le poignet tendu vers les lumières du plafond, faisait miroiter les brillants du boîtier. Elle venait de lui être offerte par René Dorman, son « protecteur » qui, là-bas, à l'entrée de la salle de restaurant, attendait qu'on libérât la table Royale où ils devaient fêter ensemble son anniversaire. Amer se vantait —

d'une voix claironnante qui m'agaçait un peu — de se voir accorder autant de cadeaux qu'il le désirait. N'y avait-il pas, parmi tant d'autres présents, cette gourmette dont les anneaux de platine scintillaient sur le fourreau de poils à son poignet gauche? Il ajoutait que, s'il s'y prenait bien, il serait bientôt son « héritier » — ce mot qui l'enchantait et lui donnait — lorsqu'il le répétait — l'assurance naïvement exaltée de se croire déjà l'un des maîtres de Paris. Pour dissimuler pourtant la gêne de l'existence servile à laquelle il n'avait consenti qu'en fonction du gain qu'il en escomptait, Amer se mettait à railler avec une jubilation véhémente (comme pour le punir, à distance, de la répulsion qu'il lui inspirait) le ventre ceinturé de graisse de René Dorman, ses jambes courtes, sans genoux, et sa peau laiteuse — de matrone recluse dans l'éternelle pénombre de l'appartement des Buttes-Chaumont. A l'entendre, René se projetait, à longueur de journée — vautré dans un amoncellement de coussins d'église, nu et béat dans son kimono de soie mauve —, des films érotiques des années vingt qu'il ponctuait de gloussements d'impuissance excitée. C'était — selon Amer — sa seule manifestation de vie avec les sanglots d'épouse délaissée (à moins qu'il ne menaçât de briser le projecteur ou de déchirer le drap tendu en guise d'écran) qui accueillaient son retour, à midi. Jamais avant, car c'était une convention établie de longue date entre eux : souffrir de l'attente, feindre de s'en venger avant de succomber à nouveau aux délices de l'abandon.

« Tu ne me caresses pas les cheveux, ce soir?... », plaisantait Amer, en s'ébouriffant. J'avais, maintes fois, essayé de le persuader (nous avions découvert, au hasard d'une conversation, que, dans son enfance, il avait habité M'Sila, un village proche de Saint-Arnaud) qu'il avait été l'un des garçons dont on rasait le crâne au cours de ce qu'on appelait à l'époque « l'opération des poux » — ce rituel qui, se déroulant quelques minutes avant que la cloche ne retentît, au milieu de la cour de l'école, m'avait toujours fait honte car, sans se soucier au préalable de l'état respectif de leurs cheveux, on séparait les élèves en deux catégories — les Européens assemblés sous le préau et, là-bas, sous le ciel glacé du petit matin, le rang muet des indigènes qui, inclinant la nuque et grelottant dans leurs blouses rapiécées, attendaient, à tour de rôle, les coups de tondeuse dont un mauvais coiffeur leur labourait la tête. Il avait toujours la même expression révulsée en voyant tomber les boucles à ses pieds. « J'en ai assez de ces petits pouilleux... La prochaine fois, vous confierez ça à quelqu'un d'autre... Je vais finir par en attraper... Vous imaginez !... », disait-il — devant eux qui tremblaient d'humiliation — à notre instituteur. Je souffrais lorsque — une fois entrés en classe — je me retournais vers leurs crânes encore rougis par le passage de la tondeuse, leurs oreilles égratignées et bleuies par le froid de leur attente dans la cour, leurs lèvres mortifiées et leurs fronts plissés pour s'empêcher de pleurer.

« Ils sont beaux, non ?... », me disait Amer en penchant la tête pour que je pusse glisser mes doigts dans ses cheveux sombres. Il me laissait ainsi exorciser le remords qui me tenaillait depuis tant d'années maintenant et apaisait la conscience que nous n'étions pas quittes et ne le serions jamais. Tandis que, en équilibre instable sur son tabouret, il s'abandonnait à ma main qui, avec une patience presque amoureuse, redistribuait ses boucles, je lui demandais s'il se souvenait de la cour de l'école, du bois d'églantiers, de la région des palombières et surtout du vieux buffle des Maures qui se traînait sur le chemin de latérite, accompagné par les cortèges de frégates et de fous masqués : arrivant à peine à déplacer son corps centenaire comme une masse de terre plombée d'où émergeaient juste les cornes râpées, près de s'effriter, il suivait les champs de blé et de coquelicots pour aller mourir le plus près possible du ciel, au-delà du monastère de Notre-Dame-des-Neiges. « Un peu... », me répondait Amer, en riant. Comme pour s'excuser de ne pas partager avec moi la mémoire de cette part d'enfance, il me disait qu'il était parti très vite de la région des hauts plateaux pour aller vivre chez un oncle, à Tanger. Ne l'avait-on pas surnommé « Vent d'Est » parce qu'il était le seul — paraît-il — à oser braver la tempête sur la plage marocaine et à courir plus vite que les rafales de sable. Je sentais pourtant, ce soir, que, malgré ses pirouettes et ses éclats de malice, une tension triste l'habitait. Je le lui fis remarquer alors qu'il refusait sciemment d'apercevoir les signes timides que lui adressait René Dorman qui, là-bas, à l'entrée de la salle de restaurant, dans la brume des lueurs rosâtres, se tassait sur lui-même comme une vigie gagnée par une torpeur tropicale.

Après avoir commandé un autre verre, Amer commença à évoquer — d'une voix soudain assourdie par une colère apeurée — ce qu'il appelait avec un goût de l'emphase funèbre « les bûchers de Tanger ».

Il me racontait, avec une sorte d'effroi fasciné, comment les malades de la cité marocaine étaient — dès qu'on avait diagnostiqué la nature de leur mal — tenus au secret dans l'aile d'une caserne désaffectée et transformée en infirmerie clandestine, au-delà du terrain d'aviation. On leur ligotait les chevilles avec des lanières de cuir pour les empêcher de s'enfuir. Quand ils mouraient — « il paraît qu'on leur fait une piqûre pour s'en débarrasser plus vite » —, leurs gardiens les soulevaient des lits de fer, leur plaçaient dans la bouche une masse de coton imbibée d'éther afin d'éviter d'être contaminés par un reste d'haleine puis les enveloppaient de camisoles de toile. On les chargeait, tels les cadavres neutres et même pas ensanglantés d'une bataille qui resterait sans nom, à bord d'un camion bâché qui, au cœur de la nuit, traversait Tanger en secret. On les alignait dans une crique, du côté de l'Océan, tandis que les soldats se hâtaient de préparer des amas de bois. Puis ils les jetaient, comme des sacs lépreux, sur les bûchers qui les consumaient avant le lever du jour. Les vagues emportaient les cendres de leurs cœurs éclatés et de leurs cheveux dorés par les bains qu'ils prenaient avant, dès les premiers jours de mai. Parmi eux se trouvaient — c'était le caissier du Traditionnel qui le lui avait téléphoné — les membres de l'orchestre de l'Etoile d'Or dont il faisait partie avant son départ pour Paris. « Ils sont encore au Moyen Age, là-bas !... », répétait Amer tandis qu'il semblait voir arriver du fond du ciel des miroirs les silhouettes des musiciens de l'Etoile d'Or et leurs cymbales ramenées vers le rivage des lotus noirs peints sur la paroi.

Il entendait à peine la voix d'Auguste le prévenant

que la table Royale venait de se libérer et qu'il était temps de rejoindre René Dorman. Pour le délivrer de sa hantise et le ramener vers nous, je lui dis — car rien ne lui importait davantage que de séduire — combien il était beau et serait encore une fois, ce soir, le roi du Vagabond, celui que tous désiraient en secret, rêvant de terminer la nuit à ses côtés (même si je savais que, dans les rares étreintes qu'il consentait dans l'obscurité d'un porche ou sous une volée d'escaliers d'un immeuble du quartier, il montrait une hâte frénétique destinée, à mesure qu'il s'y abîmait, les dents serrées et le visage tendu, à effacer la honte qu'il éprouvait de s'y être abandonné). Il essuyait brusquement ses quelques larmes car Sami Karim venait d'apparaître dans le hall d'entrée et lui demandait de s'approcher. Amer s'exécutait aussitôt : il le redoutait pour la perspicacité de ses jugements, d'autant plus sévères que, désireux de rejeter son propre passé de garçon entretenu, Sami Karim vantait de plus en plus fréquemment — comme décidé à les mettre en exergue de sa vie — les vertus du « mérite » et de l' « honnêteté » : il avait dû se battre pour réussir à monter son institut de massage ; sa place à Paris, il l'avait acquise « à la force des poignets », « à l'huile de coude » — martelait-il. Sa patience et sa témérité victorieuse lui permettaient désormais de condamner ceux qui — tel Amer — choisissaient la paresse, la complaisance et la démission de soi en se laissant entretenir. Je l'entendais exiger d'Amer un sursaut de dignité ; il le prévenait qu'il ne pourrait pas vivre indéfiniment de ses charmes, la jeunesse passait plus vite que le vent d'est.

Un bruit de lutte arrivait du hall. Felix interdisait l'entrée du Vagabond à un homme dépenaillé sous la longue écharpe qui lui flottait entre les jambes. Sans doute venait-il (comme je l'entendais dire à côté de moi) de la « cour des miracles » que devenait le Royal-Opéra. Il était tellement ivre qu'il étirait démesurément les bras — là où il croyait donner des coups de poing — vers le mur du vestibule, l'angle des glaces et les plis du rideau où il aurait fini par se renverser si Felix ne l'avait pris sous les épaules pour le repousser vers le seuil et la nuit glacée. Au même instant retentissait la sirène d'un fourgon de police qui déferlait dans la rue Thérèse et s'arrêtait net devant le Mikado. Parce qu'il craignait que, une fois sur le trottoir, l'homme ne fût embarqué et entendait respecter la tradition d'asile du Vagabond, Auguste criait de le laisser entrer. Felix portait presque l'inconnu jusqu'à la première banquette où il s'affaissait : il continuait à balancer ses bras dans le vide — comme s'il cherchait à étreindre un adversaire imaginaire — avant de ramener, vaincu par sa propre ivresse, la nuque contre la paroi des fleurs peintes. Le couturier Michel Doucet qui avait dû être effleuré, au passage, par un coup perdu, se tâtait la joue droite, à peine rosie. Il s'indignait de ce que son costume ait été froissé et son camélia chiffonné; mais les clients voisins qu'il prenait à témoin de son dommage riaient en douce de le voir un peu malmené : sa manière de se targuer du prestige de ses boutiques et de son magasin de fourrures de la rue Saint-Honoré nous exaspérait depuis toujours.

Les trois garçons qui venaient d'arriver ensemble

ne dépassaient pas — dans leurs identiques blousons cloutés — la lisière du hall. Ils avaient le sourire un brin supérieur de ceux qui, habitués à fréquenter des bars plus modernes et entrant, pour la première fois, au Vagabond, s'étonnaient de découvrir une foule qui, à l'écart des modes, ne semblait appartenir à aucune époque. L'un d'eux s'avança enfin. Lorsqu'il retira son blouson puis son bonnet, je reconnus François, le jeune coursier que je rencontrais autrefois dans les jardins de Notre-Dame. Il allait s'accouder au comptoir à côté de Christian qui avait repris le masque qu'il se composait d'ordinaire pour Le Vagabond, cette expression de sévérité charmeuse — le front plissé, les yeux grands ouverts et la lèvre supérieure légèrement relevée — qu'il arborait pour intriguer, pour qu'on se demandât s'il allait être ironique ou bienveillant, impitoyable ou tendre : elle désarçonnait, en général, celui auquel il s'adressait. Mais François, qu'il espérait troubler par le jeu de ses questions abruptes alternant avec des remarques débonnaires, répondait à peine et détournait la tête. Faute de capter son attention, Christian adoptait le maintien détaché de quelqu'un qui, parvenu au-delà du désir et des mirages de la beauté et de l'amour, ne se souciait plus de séduire.

Puis il proposa « en toute amitié » un verre à François — ainsi qu'à ses camarades auxquels il adressait le signe de venir les rejoindre. Outre le plaisir qu'il avait toujours eu à offrir, cette parade de générosité était destinée à prouver autour de lui qu'il n'était pas aussi désargenté que son départ forcé de Paris ne l'aurait laissé supposer. François lui fit remarquer qu'il devait « étouffer » dans sa cape de chasseur, tout en esquissant le geste de vouloir en dénouer les cordons. Christian s'écria (c'était son expression favorite pour dissimuler sa gêne, quand il se voyait sur le point d'être dominé) : « Quelle audace !... Mais quelle audace !... » Puis, devant l'insistance enjouée de François qui glissait la main sous les pans de la cape pour les relever, Christian se mit à rire. Ce rire immense, lumineux, que je n'avais pas entendu depuis si longtemps (depuis nos déjeuners arrosés au Vieux Casque ou nos après-midi ensoleillés à la terrasse de l'Apollinaire où il plaisantait d'un rien), l'emportait loin de lui-même et redonnait à son visage soudain rajeuni un rayonnement de conquérant grisé qui voulait tout embrasser de la vie et ne rien laisser échapper de la joie qu'il y puisait. Le vertige d'oubli ne s'estompait qu'au moment où il portait — comme pour revoir le monde autour de lui — les doigts à ses yeux gorgés de larmes de plaisir.

Les lumières s'éteignirent d'un coup. Il y eut quelques jurons, des murmures excités avant que n'émergeât la lueur d'une bougie placée sur un gâteau d'anniversaire — celui de René Dorman — qu'on emportait vers la nuit du restaurant. Son reflet parcourait les cloisons de miroirs où les silhouettes des clients, envahis par une admiration teintée de regret, s'écartaient en silence pour former des rangées de sentinelles adorant, avec un respect envieux, ce trophée promené sous le ciel d'un triomphe qu'ils auraient voulu voir célébré pour eux-mêmes. Puis la clarté de la bougie traversa — comme pour lui rendre un hommage fugace — le portrait du vagabond. Il semblait cet ancêtre qui, recru d'errances à travers les décades des nuits blanches et parvenu au bout des chemins du plaisir, laissait l'amas de sa barbe grisâtre se propager sur son visage et aveugler son regard consumé d'indulgence. Les lumières revinrent; des applaudissements éclataient autour de la table où Amer appuyait sur la main de René Dorman pour l'aider à découper la première part du gâteau. « Ça fait trente ans qu'il vient ici, René... Il fait partie de la famille... », nous disait Auguste avec la fierté d'une mère qui avait su veiller sur sa progéniture en la gardant des embûches de la vie. « Il était beau, avant... Elancé, élégant, plein d'esprit... Maintenant, il s'est empâté, bien sûr... Il a un peu décliné à force de rester enfermé à regarder ses films érotiques... Mais il tient le coup... » Il s'empourprait, Auguste, en reprenant : « Oui, il n'y a que nous, les vieux, pour tenir le coup... Nos artères usées nous protègent... Tandis que vous vous êtes crus des petits dieux en changeant de lit trois ou quatre fois par nuit... » On sentait trop bien dans sa voix qui tremblait de l'amertume d'une existence sans amour le ressentiment qu'il éprouvait à l'égard des plus jeunes. Ils l'avaient dédaigné pendant tant d'années et ne s'étaient pas aperçus que, derrière les verres teintés de ses lunettes, passait parfois dans son regard l'espérance que quelqu'un — au lieu de lui tendre simplement des billets — retînt son poignet et attardât les doigts sur sa veine brûlante.

Mais parce qu'il redoutait d'être pris en flagrant délit d'aigreur et refusait, par orgueil, qu'on pût le considérer comme un prêcheur devenu acariâtre à force d'abandon et de retours solitaires — peut-être aussi se laissait-il gagner par un élan de pitié en voyant la place vide d'Eduardo à ses côtés —, Auguste se ravisait et, après s'être mordu les lèvres, dit, sur un ton d'excuse attristée : « J'aurais fait la même chose à votre âge... J'ai même fait pire, si vous saviez... » Se tournant vers Jeannette qui s'en réjouissait à l'avance, il se lançait dans les récits de ses frasques passées : les débauches printanières dans la grotte du square des Batignolles, les poursuites masquées dans les caves de La Mangeoire, à Pigalle, régulièrement interrompues par les sifflets d'une descente de police qui les saisissait d'une terreur délicieuse car — à l'entendre — il « s'en passait de belles » ensuite, dans la cour du commissariat, les dimanches après-midi où ils organisaient des concours de nus sous les voûtes du Bilitis d'où ils passaient, par un corridor secret — « il faisait un noir de loup, là-dedans... on ne savait pas qui on embrassait... » — dans le magasin d'accessoires des concerts Mayol. Ils y dérobaient des étoles de lamé, des éventails de plumes ou des panaches de perles qu'ils arboraient en courant jusqu'à la porte Saint-Denis. Puis ils dînaient dans l'arrière-salle qui sentait la sciure de cirque, le vin recuit, le fard et les roses fanées du Petit Bonheur où trônait — comme une reine de parade sous ses breloques désaccordées — Lucrèce qui, avant de se rendre chez Madame Arthur où, dans le tableau final, elle était censée incarner, à elle seule, toutes les voluptés des mers du Sud, s'asseyait à leur côté en alignant des bâtonnets sur une ardoise pour essayer de faire le compte de ses amants de la semaine. « On savait rire, nous, à l'époque... On avait le sens du falbala !... » Il s'enchantait, Auguste, de répéter ce mot comme s'il reflétait, dans le chatoiement de ses voyelles aériennes, les envolées d'une époque où la frivolité comptait assez pour créer de véritables liens de sang entre ceux qui partageaient le même goût de la clownerie et des soirées aussi légères que des plumes s'envolant dans le ciel de Paris.

Oui, ils étaient solidaires dans ce temps cousu de bric et de broc : « On n'avait pas le sou... Le soir, pendant la semaine, je restais chez moi à changer le col des chemises des uns et des autres... Histoire de leur redonner un air de neuf... On se cotisait pour se payer l'entrée de L'Eldorado, à tour de rôle... Celui qui était sorti devait tout nous raconter, le lendemain... On dansait pas souvent... On couchait pas beaucoup... Mais on n'avait pas peur de l'amour... » Puis il évoquait les premiers temps du Vagabond : « Il n'y avait pas encore de restaurant... Ni de vestiaire... Ni toutes ces glaces et ces lumières... C'était aussi petit et sombre que ta boutique... », disait-il en concentrant son regard sur Jeannette comme s'il voulait s'isoler avec elle dans une enclave de temps — celui du bonheur rudimentaire de leur jeunesse —, de manière à aviver notre regret de ne pas l'avoir connu et notre remords d'avoir dilapidé, à force de forfanterie et de licence calculée, l'héritage des vertus de fantaisie, de plaisir bohème et de rencontres en pure perte qu'il continuait à défendre. Chaque client venait alors lui raconter sa vie — les victoires aussi bien que les chutes. Auprès d'eux, il devait jouer le rôle d'un confesseur à la fois intraitable et miséricordieux. Sans se soucier de ce que les années passaient, il avait absorbé dans cette fonction de conseiller — veillant, jusqu'à leur terme, sur des histoires qui ne lui appartenaient pas — l'énergie et la patience qu'il lui aurait fallu pour retenir les garçons qu'il avait aimés. « Je les ai tous laissés filer... », disait-il avec une sorte de perplexité à peine peinée, d'ébahissement presque émerveillé de ce qu'ils aient réussi à s'éclipser de sa vie avec la soudaineté de feux follets qui s'étaient dispersés dans la nuit sans qu'il les ait jamais revus. « Mes petits vagabonds... », murmurait-il, attendri, cette fois, et comme satisfait de ce qu'ils aient — même s'il en avait souffert — incarné l'esprit de ce lieu d'escale, fait pour être quitté par les autres car, pour lui, avec son cercle de miroirs, ses statuettes de plâtre dont le bleu s'éteignait dans les niches de velours, ses portraits d'adolescents désuets et ses guirlandes de bal oublié, Le Vagabond tenait lieu de tout : d'église, de salle des fêtes et de chambre d'amour.

J'étais du côté d'Auguste, désormais, du côté de ceux qui, leurs illusions éteintes, préféraient aimer les murs laqués de rouge sombre du Vagabond plutôt que les visages qui le traversaient. Je laissais — sans le moindre sursaut amer — Martín s'en aller de ma vie, étonné que mon cœur se serrât à peine en voyant la main d'un inconnu entrebâiller davantage sa chemise pour prendre un bout de sa chaîne qu'il ferait glisser tout à l'heure, comme je l'avais fait moi-même, le long de ses yeux fermés, dans la pénombre d'une chambre tiède. La petite croix n'était plus qu'un point d'or parmi les fumées qui, dans leurs plus hautes nappes, captaient les reflets des ampoules rosées émergeant des corolles en verre satiné. « Je ne les aime pas, ces appliques... Elles sont vraiment trop kitsch... », disait souvent Eduardo. Il aurait voulu les remplacer —

mais Auguste s'y opposait depuis plusieurs années — par celles qu'il avait confectionnées lui-même pour sa chambre de la rue du Rocher : « bleu de messe », disait-il en s'agenouillant dans le lit pour retirer, avec la méticulosité d'un prêtre veillant à maintenir l'éclat des anges d'un rétable, le moindre grain de poussière qui lui paraissait ternir les joues de papier cristal. C'était le bleu des membranes du cœur de soie sur lequel s'ouvrait — écartée par le crochet de la perche du sacristain, à l'heure des vêpres — la poitrine en bois d'olivier de la Vierge de Santa Clara. Il devait la prier en ce moment — comme il se l'était promis devant moi sur le quai de la gare d'Austerlitz — pour tous ceux qui l'avaient aimé ici.

C'était l'heure où, après minuit, s'accélérait la ronde des séductions. On frappait haut et fort pour exhiber ce qu'on avait de plus reluisant — la fraîcheur de la voix gorgée de promesses —, tout en s'évertuant à dissimuler sous l'assaut des plaisanteries grivoises et des rires canailles ce que l'on savait être ravagé en soi : la peau fanée par l'abus des veilles et les lèvres blêmies par la tension d'un désir aux aguets. Quelqu'un — s'adressant surtout à ceux qui balançaient entre l'envie de partir et la tentation d'une dernière manœuvre d'approche — rappelait qu'une fête se déroulait en ce moment au Cirque d'hiver. Un bal immense où les orchestres se succédaient jusqu'à l'aube. Mais Auguste, qui veillait à ce que sa clientèle ne s'égaillât pas à travers la ville, avait déjà fait courir le bruit que l'ambiance n'y était pas bonne. D'ailleurs, on ne rencontrait personne à ce genre de soirée ;

la musique était trop violente, il était impossible de discuter et on en rentrait « seul et les poches vides » : je l'entendais d'ici.

Comme d'habitude, la bande de Gilles Tessier occupait le centre du bar. Dans leurs smokings et leurs écharpes de soie blanche, ils formaient une élite de la nuit, une caste hautaine et désabusée. Ayant épuisé tous les plaisirs de Paris et se gardant de ne jamais s'abaisser à trahir le moindre engouement, ils regardaient, avec un flegme condescendant, se multiplier autour d'eux les trajets de désir panique. Eblouis de leurs propres calembours, commandant, avec une arrogance distraite, des verres qu'ils se distribuaient, ils affectaient de n'être que de passage, ici — entre un dîner et une réception à laquelle ils consentiraient peut-être à se rendre. Avec cette férocité nonchalante qui était la gloire de leur dilettantisme, ils se moquaient des couples désaccordés qu'ils voyaient sortir du Vagabond. Puis ils dénigraient les garçons qu'ils avaient fréquentés par le passé et qui les avaient sans doute déçus par leur volonté d'indépendance et un manque d'allégeance à leur clan. « Et Max ?... Qu'est-ce qu'il devient ?... On ne le voit plus nulle part... », s'exclamait Gilles, feignant d'être intrigué par son absence — avec à dessein, dans la voix, cette once de vulgarité destinée à prouver qu'il s'était, en héritier dévergondé, affranchi de sa classe d'origine. « Ah oui !... J'y suis... Il doit être au sauna de nuit en train de se faire battre à coups de pagnes... Il paraît qu'il pousse de tels gloussements de plaisir qu'on l'entend de la rue Sainte-Anne... On est obligé de le bâillonner pour le faire taire... Et après, quand il arrive ici, il donne à tout le monde des leçons de morale alors qu'il sent encore la serpillière et le peignoir mouillé... »

Quand ils avaient passé en revue leurs anciennes connaissances, ils se tournaient vers les plus âgés d'entre nous. Avec l'insolence étourdie de ceux qui entendaient se servir de leurs derniers quartiers de jeunesse, ils se gaussaient de leur alignement de bannis affaissés au bord de la banquette et, avec des sourires complices, tournaient en dérision le seul plaisir qui leur restait : sentir leurs genoux frôlés par un garçon qui traversait Le Vagabond de leur côté ou qui, renversé par la pression de la foule, devait, pendant quelques secondes, se retenir à leurs épaules. Les amis de Gilles avaient choisi une cible, ce soir : celui qu'on appelait « le Gris Souris » pour le manteau anthracite qu'il portait même au cœur du printemps, le col relevé sur des joues aussi défraîchies que les gants de suédine qu'il ne retirait jamais, le regard neutre — de clandestin venu se fondre dans l'un des lieux secrets d'une ville occupée. Sous le tableau du manège dont on n'apercevait presque plus, dans la région de nuit de la paroi, le bleu de la toile et les ors des montures ailées, il buvait son verre à petites lampées afin de prouver qu'il avait consommé et ne pas fournir de prétexte à ce qu'on le rejetât du Vagabond. Sans doute ne s'était-il pas rendu compte qu'il était appuyé à l'une des boîtes à bijoux oubliée là depuis le soir où la bande, pour nous épater, les avait ramenées des sous-sols de la Chase Bank. Jubilant de la reconnaître, Gilles lança : « Il va l'emporter dans la tombe, on dirait... »

Devant le déferlement de leurs rires, le visage de Christian qui, jusque-là, était resté à l'écart, à l'entrée de la salle de restaurant, se mit à frémir de colère — par sympathie envers le « Gris Souris » dont il avait pris en pitié l'obstination à s'effacer jusqu'à en devenir invisible; par ressentiment, surtout, envers Gilles et son groupe qui, depuis qu'il était parti, sans ressources, de Paris, faisaient semblant de ne pas le reconnaître et ne lui adressaient plus le moindre salut (eux que, du temps de sa splendeur, à la sortie du Palace, il avait si souvent conviés à des bombances de petit matin qui s'éternisaient jusqu'à midi dans son appartement de la rue Jean-Bart). Il s'avança soudain vers Gilles et lui lança : « C'est votre cœur qui est dans la tombe... Et ça, depuis longtemps... Quand aurez-vous fini de dire n'importe quoi ?... De vous croire supérieurs en tout ?... »

Tandis que ses camarades entraînaient Gilles en lui demandant de ne pas répliquer, Christian était presque radieux d'avoir laissé éclater son indignation. Dans cette impulsion d'authenticité, il venait de trouver le moyen de ne plus regretter quoi que ce fût de sa vie parisienne et d'exorciser le dépit de ne plus en faire partie. Il retirait son chapeau dont la plume rousse, aux reflets mordorés, n'était plus que le frêle emblème d'un leurre de panache aristocratique auquel il semblait, aujourd'hui, dire adieu. Il le déposait sur l'étagère, au-dessus de la banquette, et s'asseyait à côté du « Gris Souris » étonné de se voir accorder un peu d'attention. Christian lui prenait le verre, presque achevé, d'entre les mains pour lui substituer le sien, encore plein. Puis il lui abaissa doucement le col de son manteau, libérant un flux de mèches argentées dont nous n'aurions jamais soupçonné l'éclat : elles communiquaient au visage du vieil homme un rayonnement oublié, une aura de deuil lumineux — suffisant pour qu'il cessât de nous apparaître comme un être de l'ombre, prisonnier d'un sobriquet dérisoire.

Un cortège empressé accompagnait Joachim, le gérant de L'Illusion (venu, selon son habitude, passer quelques instants au Vagabond afin d'entretenir des relations de bon voisinage). Il distribuait autour de lui des cartes d'invitation pour la soirée-anniversaire de l'ouverture de son dancing ; on devait être habillé tout en blanc, comme en été — répétait-il. Arrivé à la hauteur d'Auguste — dont il savait pourtant qu'il ne se rendait dans aucun cabaret après avoir fermé la porte du Vagabond —, Joachim lui demanda : « Et toi, tu viendras ?... » Auguste s'empressa d'actionner la manette de son tiroir-caisse puis, mimant une demi-valse offensée qui faisait sursauter les plis de sa permanente, répondit : « Mais non, voyons... J'ai horreur du blanc !... », ravi de déclencher les rires des clients accoudés au comptoir. Mais Joachim, qui tenait à prendre l'avantage, insistait déjà : « Et vous, vous faites quelque chose pour la mi-carême ?... » Auguste faisait mine de ne pas l'avoir entendu et inclinait la tête vers les notes du restaurant qu'il s'affairait à vérifier. Il se souvenait qu'on ne pouvait plus aller prendre les cartons de masques et de loups dans la chambre à falbalas depuis qu'Eduardo en avait emporté la clef. Peu importait — semblait-il penser, le regard abaissé — que la soirée du Mardi gras fût pareille à une autre : il préférait — c'était sa manière de lui rester encore un peu fidèle — qu'Eduardo la gardât serrée dans sa main valide, là-bas, sous l'auvent de tuiles roses de la maison de Tormes où il avait peut-être demandé qu'on l'habillât de blanc pour se donner l'illusion d'être déjà au printemps.

Joachim l'avait sans doute compris ; il se retirait en silence après avoir déposé quelques cartes sur le comptoir. Auguste paraissait soulagé de son départ, d'autant que des vociférations montaient des cuisines : une canalisation gelée venait de se rompre à l'arrière de l' « épicerie » et Felix dévalait l'escalier pour la réparer. Auguste ordonnait de hausser le volume du tourne-disque pour couvrir le bruit des seaux qui s'entrechoquaient dans les coulisses. Il ne voulait pas que Le Vagabond — comme s'il était le reflet de son propre corps qu'il s'efforçait toujours de maintenir droit — exhibât la moindre de ses défaillances, le début de ses naufrages.

La clientèle se clairsemait. Beaucoup avaient fini par partir vers le Cirque d'hiver. Les lumières se tamisaient dans la salle, presque vide, du restaurant où René Dorman gardait la tête inclinée sur l'épaule d'Amer qui, désœuvré, frottait entre ses doigts la mèche noircie de la bougie d'anniversaire. Quelques jurons, de plus en plus sourds, montaient du bas de l'escalier : on avait réussi à colmater la brèche d'eau. Christian venait à ma rencontre, son chapeau à la main. Peut-être était-ce pour me ramener vers le territoire commun de notre adolescence — le périmètre de palmiers, de bancs de bois vert et de dalles de grès rose compris entre le Palmarium et la rue de l'Ange — qu'il me dit : « J'ai vu ta mère, la semaine dernière... Elle passait devant ma boutique en revenant du marché... Elle n'arrivait même plus à porter son panier et devait s'arrêter tous les trois mètres... Elle m'a vraiment effrayé... Elle n'a plus que la peau sur les os... J'ai dû l'accompagner jusqu'à l'arrêt du car des Platanes... Je sentais qu'elle voulait me demander quelque chose... Savoir ce que tu étais devenu... »

Il venait de réveiller en moi le remords, qui me traversait parfois, de la laisser seule dans son appartement des Platanes. Seule, oui, car son intransigeance nerveuse, sa crispation d'orgueil et sa manière hautaine d'éloigner, malgré son infirmité, ceux qui se proposaient de l'aider, l'avaient isolée du reste du quartier. Percluse, en ce moment, de douleurs dans son lit, elle devait rejeter sa couverture toutes les cinq minutes pour en délivrer son corps brûlant de fièvre et de solitude. Dans un de ces élans désespérés et vengeurs où elle rassemblait ses dernières forces pour tenter de s'abîmer davantage et pouvoir, dans l'amère volupté de saccage, mieux accuser le monde de l'abandon auquel il la condamnait, elle saisissait, avec ses doigts raidis par l'arthrite, ses cheveux jaunis des restes d'une teinture qu'elle s'était fait faire au cours de l'une de ses dernières sorties. « Il faut que je sois nette pour recevoir le médecin... », disait-elle pour justifier ce seul luxe qu'elle s'accordait avec l'achat d'une livre de raisins d'Italie : elle se tenait en arrêt devant les étalages, éblouie et presque heureuse, comme si elle retrouvait, dans le miroitement de leurs pulpes gorgées de lumière, le reflet d'une de ses rares saisons de détente — celle des vendanges dans les collines des Corbières, des bals improvisés dans les dépendances des mas dont ils reprenaient les airs dans les charrettes qui les emportaient à l'aurore, des brasiers de viandes sous le bleu cuivré du ciel de septembre et des retours dans le calme des soirs où tout — les nuages, les murets et le chaume des cabanes — prenait la couleur des raisins fondus.

Au cours de notre dernière promenade, je la traînais comme une enfant au bord des amas de grappes qui brillaient sous le soleil d'automne devant les devantures de l'avenue de la Sardane : peut-être retardait-elle le moment de s'asseoir avec moi à une table du restaurant de la Baratina. Comme certaine de ne plus me revoir, elle me dévisageait, sans manger, avec une telle intensité malheureuse que je devais souvent détourner la tête. Il y avait, posé contre un pied de la table, son vieux parapluie — qu'elle prenait dès qu'un voile de nuages apparaissait dans le ciel. Les baleines en étaient rouillées et le bleu-vert éclatant de jadis avait pris une coloration de tilleul noyé. Elle l'avait déjà, vingt ans auparavant, lorsque traversant ensemble les jardins du Peyrou, à Montpellier, elle m'avait demandé, dans un élan imprévu de tendresse qui avait fait rosir ses traits et pâlir davantage l'émeraude clair de son regard, de me serrer contre elle pour m'abriter de l'averse en prenant garde, cependant, à ne pas froisser sa jupe plissée en Tergal anthracite. Il y avait toujours eu chez elle – aussi loin que remontaient mes souvenirs — cette façon concertée — presque une méthode — de me retenir au bord de l'effusion, de m'empêcher de m'y abandonner, ce commandement muet qu'elle m'intimait de respecter avec elle une distance, même ténue ; cet écart qui, fût-il infinitésimal, avait pourtant suffi à déterminer mon existence puisque, tant de fois, une réserve superstitieuse, une appréhension de sacrilège me paralysait les bras au moment où je les ouvrais dans l'exaltation du plus grand don possible que je pouvais consentir de moi-même.

Dès que je la regardais à nouveau, j'étais chaviré par les rides de solitude qui sillonnaient, de tous côtés, son visage ; par la profondeur de ses cernes d'abandon ; par sa façon appliquée de saucer l'assiette jusqu'au bout puis de recueillir les miettes sur la table comme pour ne laisser aucune trace de son passage ; par la dignité concentrée avec laquelle elle sortit de son sac — quand on nous apporta l'addition — son petit porte-monnaie en similicuir rouge qu'elle avait dû cirer la veille pour me faire croire qu'il était encore neuf ; par le mouvement furtif de sa main atrophiée qui, pendant que je parlais avec le serveur, prenait quelques sucres dans la soucoupe pour les emporter ; par l'élégance avec laquelle elle se tamponnait les paupières, d'un coin de son mouchoir, en prétendant que la maladie les lui brûlait, alors que c'étaient les larmes qui lui venaient, de partir déjà, d'être sûre que je ne lui ferais plus jamais face ; par l'inflexion anxieuse de sa voix qui me demandait (au moment où je lui remettais l'imperméable beige qu'elle ne donnait jamais à la teinturerie de crainte que les machines n'en dénaturent la teinte) où j'en étais de ma vie.

Devant mon air de désinvolture jouée, elle semblait presque s'excuser de sa question et abaissait les yeux vers les fronces du foulard mauve qu'elle ajustait sous les revers de l'imperméable pour me laisser le temps de lui répondre que « ça allait bien... très bien... », alors qu'elle savait que tout — selon sa propre expression — « clochait » dans mon existence. Devant son regard de clairvoyance attristée, j'eus la tentation de prendre le parapluie en lui promettant de rester à ses côtés et de l'accompagner dans le gris et l'or des automnes prochains : je ferais exprès d'exagérer l'obscurité du ciel et la menace de la pluie pour être sûr qu'elle se rapprocherait de moi qui d'emblée supprimerais tout écart entre nos corps devenus également vieux. J'étais sur le point d'en attraper le manche dont elle avait tant bien que mal rapiécé les lamelles de rotin lorsqu'elle se raidit soudain. D'une voix tendue et vibrant d'une exaltation meurtrière qui, en l'espace de quelques secondes, l'entraînait à tout détruire — des amitiés et des affections — comme si elle obéissait aux ordres d'une autre femme en elle-même qui la ramenait vers les ténèbres d'un purgatoire intime, elle s'écria que, puisque personne ne s'intéressait à elle et que la ville entière l'abandonnait, elle se jetterait par la fenêtre. Cette fois-ci elle allait le faire, je pouvais en être sûr, cela lui était égal de mourir aujourd'hui ou demain.

Ce « demain » dont je n'avais cessé de redouter l'imminence depuis un soir d'octobre, à Montpellier, où nous vivions ensemble dans une chambre d'hôtel. La nuit n'était pas encore vraiment tombée sur la ville. Le roux mordoré des platanes luisait sous le ciel bleu comme en été ; les tramways roulaient dans les nappes de feuilles mortes et les fontaines s'éclairaient, au loin, dans les jardins du Peyrou. Elle me tendait les tranches de pain beurré, saupoudré de cacao, qui, avec la soupe d'avoine, constituaient notre repas du soir. Elle renonçait souvent à sa part pour me l'offrir, en pleurant du regret de l'indifférence dont elle avait fait preuve tout au long de la journée car, au fond, elle m'aimait assez pour souffrir de sa propre froideur qui n'était pas tant le fait de sa nature que des circonstances qui l'avaient conduite à refuser tout attendrissement. Elle s'était soudain exaspérée de notre dénuement et, à l'instant d'abaisser la louche pour me servir, fut hypnotisée par le vide clair de la fenêtre où le ciel paraissait s'être figé — tant l'air immobile était dépourvu de la moindre vibration de couleur et sans que la moindre odeur de la terre d'automne montât jusqu'à nous. Elle se leva brusquement, comme fascinée par un néant qui ne serait jamais aussi pur que ce soir-là, bouscula la table et écarta les deux fauteuils avec le bord de ses bras vibrant de toute la puissance que lui procurait sa détermination à partir de l'autre côté de la vie. Elle se hissa sur le chambranle de plâtre. Jamais elle ne m'apparut aussi immense que ce soir-là, ma mère, un véritable colosse de chagrin prêt à écraser le ciel sous son poids. Il y eut le cri de quelqu'un dans le désert de la rue d'où s'élevait un souffle torride qui me brûlait en entier, le tassement de ma conscience épouvantée et la blancheur de ses jambes que j'agrippais à la hauteur des genoux, déséquilibrant son corps qui, telle une très lourde lame de chair inconsciente, s'abattait sur l'un des volets, basculait contre la porte de l'armoire avant de s'affaler sur la descente de lit.

Elle y reposait, livide et haletant dans son chemisier aux fleurs mauves de la Coopérative, sa jupe écossaise relevée à mi-cuisse et ses pantoufles au pompon rouge blanchi par la poussière de plâtre. Son visage, à peine tuméfié, était traversé de pleurs légers que je voulais voir — en me couchant sur sa poitrine pour, à son insu, avoir droit à son amour — s'écouler toute la nuit et jusqu'au lendemain soir, s'il le fallait, afin qu'elle se libérât de cette geôle d'angoisse dans laquelle son existence était retenue captive depuis si longtemps et qui lui interdisait tout mouvement d'effusion capable de la sauver.

Dans le vent de la nuit qui s'était enfin levé, ses mèches déjà blanches flottaient dans le ciel turquoise du tapis. Je lui murmurais que c'était un beau soir d'automne, qu'il ferait assez bon, dimanche, pour que nous prenions le car pour Palavas. Je lissais ses cheveux au long de ses tempes avec un mouchoir humide jusqu'à ce que son visage s'animât. Elle n'osait pas me regarder et préférait se tourner pour essayer de prendre — comme pour se raccrocher à nouveau au monde — le dé qui roulait doucement au bord du lit. J'eus si peur, ce soir-là d'octobre, que, pendant de nombreuses années, je ne pus regarder sans appréhension une fenêtre ouverte, croyant que l'enfer commençait derrière. Longtemps je ne lui avais pas pardonné de m'avoir — dans son désir de chute — oublié à ce point, de n'avoir vu en moi qu'un inconnu qu'on laissait en rade dès qu'on embarquait sur le navire de l'exil intérieur vers les mers noires où il n'y avait même plus de place pour le souvenir d'un fils. Les vagues de la vie éteinte auraient pourtant pu le ramener vers elle, ne serait-ce qu'un instant, le temps de s'apercevoir qu'elle ne l'avait pas si manqué que cela et que, même si, décidément — comme elle le disait parfois — « il ne lui arriverait jamais à la cheville », il avait eu des gestes d'entraide, des rires de bonheur volé et des instants de grâce involontaire que lui apportait l'obstination mise à aimer.

Il me venait une sorte de honte, là, dans la musique et les éclats de voix du Vagabond alors qu'elle souffrait seule dans le désert de son appartement des Platanes, sa tête s'abattant de douleur et d'abandon sur la cloison de la chambre derrière laquelle reposait, dans le renfoncement du vestibule, le vieux parapluie. Elle aspirait, peut-être, à l'atteindre pour avoir, au moins, une illusion de fraîcheur et retrouver le souvenir des ciels de pluie sous lesquels elle ne se promènerait plus et où elle croyait voir flotter — démultiplié par la fièvre — le crucifix. Elle ne pouvait plus le décrocher au-dessus de son lit pour l'amener dans le creux de sa poitrine et gagner — grâce au contact de ses membres d'ivoire et de sa couronne d'épines de grenats — l'oubli de sa vie manquée.

Auguste ne semblait pas se résigner à ce qu'il n'y eût rien au Vagabond pour le Mardi gras, d'autant qu'il venait d'apprendre (par un client passé prendre un dernier verre au retour du Cirque d'hiver) qu'on allait le célébrer à L'Echiquier, au Pile ou Face, et même au Petit Bonheur — ce qui ne s'était pas produit depuis au moins dix ans. Même s'il réfrénait la tentation de rouvrir la chambre à falbalas, il ne supportait pas l'idée que Le Vagabond restât en retrait pendant les réjouissances de la mi-carême, laissant la primauté à L'Illusion et à Joachim qui, ce soir-là, serait le roi du quartier. Entre deux manipulations fébriles de son tiroir-caisse (dont la nervosité était exacerbée par l'incident de la canalisation rompue qui l'avait ébranlé plus qu'il ne l'avait laissé paraître), il imitait, avec une jubilation excédée, l'accent de Joachim. « Tout en blanc, comme en été... », martelait-il, en faisant claquer sa langue à chaque syllabe. Il provoquait les rires du carré de fidèles qui, rivés au comptoir, avaient déjà promis de ne pas se rendre à la soirée de L'Illusion — autant pour apaiser sa jalousie que parce qu'ils redoutaient d'avance de perdre pied dans la frénésie des danses et des cavalcades dont ils n'avaient plus l'âge. Animés d'une sorte de solidarité inconsciente avec Le Vagabond, ils l'incitaient pourtant à « marquer le coup ». Mais comment? semblait leur répondre en silence Auguste qui, tout en tapotant son crayon sur le bord du comptoir, promenait son regard sur le portrait du vagabond — comme s'il espérait qu'il dénouât ses inquiétudes. Tandis que ses yeux s'attardaient sur le dessin du béret, son visage s'éclaira soudain, le rose vineux de ses joues devint incandescent et il s'écria : « Ah ! j'y suis... On leur demandera d'arriver avec des chapeaux... De toutes les formes, de toutes les couleurs... Des canotiers, des capelines, des panamas... Ce qu'ils voudront... Ici aussi, ce sera comme en été... »

On applaudissait son projet. Dans son euphorie passagère, il embrassait les clients au hasard du comptoir, sans trop se pencher cependant car il ne voulait pas déranger l'harmonie de sa permanente. Puis il marquait un temps d'arrêt dans son emballement : « Qui va animer la soirée ?... », disait-il, d'une voix feutrée, à Felix qui, à cette heure de la nuit, désertait sa fonction de portier pour se mêler aux derniers buveurs. « Mais moi!... », s'exclamait — en écartant le rideau du hall avec son bras lancé en avant et nous envoyant des baisers du bout de ses ongles peints — Lucrèce. Elle aimait ces entrées théâtrales et minaudières qui représentaient pour elle le comble d'une féminité qu'elle avait poursuivie toute sa vie. « D'ailleurs, je suis déjà prête... », disait-elle, en exagérant — au moment de se jucher sur un tabouret — l'oscillation de ses colliers parmi lesquels scintillaient les écorces d'émaux et d'or du pendentif de « la volupté endormie » que n'avaient pas osé lui reprendre Gilles et ses amis.

Comme on s'étonnait de ce qu'elle fût si rutilante, ce soir — même la main en faux rubis ornait à nouveau son chemisier en mousseline rose —, elle qui, ces dernières semaines, prétendait qu'il ne lui resterait plus bientôt qu'à faire l'aumône et à prendre le chemin du « cimetière des éléphants », elle répondait qu'un ancien amant, rencontré par hasard, lui avait permis de récupérer ses bijoux au mont-de-piété; pour fêter leurs retrouvailles, il l'avait emmenée au théâtre puis dîner chez Narcisse. « Il ne bouge plus de sa chaise..., disait-elle de Narcisse. Toujours à se regarder dans la glace d'en face ... A vérifier qu'il n'est pas en train de prendre une ride... Il ne voit même pas les gens qui entrent dans son restaurant... On dirait une matrone embaumée... » Amer, qui, au même instant, remontait, ivre, des vestiaires — sa canadienne placée de guingois sur les épaules —, croyait entendre un portrait de René Dorman. Il s'esclaffait, soulagé des heures d'ennui qu'il avait endurées sur la banquette aux côtés de René, à attendre la fin d'un anniversaire dont il espérait qu'il serait l'un des derniers. Lorsque Lucrèce s'inclina en arrière pour lui lancer, avec un clin d'œil complice : « Le Narcisse, à mon avis... Il va mourir de paresse... », il rougit de plaisir vindicatif et, submergé par le retour de ses chimères, se mit à pianoter en l'air, à toute allure, des touches imaginaires — comme s'il jouait encore dans l'orchestre de l'Etoile d'Or, dont il oubliait, dans son délire, qu'il s'était envolé en cendres dans l'ombre d'une plage de Tanger.

Lucrèce appelait le vieil aveugle des Ephèbes pour qu'il vînt prendre sa part du plaisir tapageur qu'ils manifestaient, au comptoir, à persifler Narcisse. Mais l'aveugle ne l'entendait pas. Il caressait le visage d'un jeune garçon, presque un enfant égaré au Vagabond. Ses doigts tremblaient d'une telle ferveur de reconnaissance qu'il semblait avoir tout retrouvé — l'or des franges mutines, le bleu marine du regard et le sourire inné — du plus beau des éphèbes de plâtre dont il ne s'était jamais résigné à ce qu'il se fût perdu au cours du transfert des divinités de stuc dans le ciel de la rue Thérèse : il l'avait placé, dans son établissement, au tout début de l'allée des statues comme s'il était à l'origine des dieux et les surpassait en grâce et en indépendance radieuse. Il n'avait pas, lui, leur expression de gloire presque arrogante; non, il était de connivence avec les humains et, surplombant la nuit parme de la plus profonde alcôve, protégeait ceux qui, n'ayant pas osé s'embrasser devant le public du Vagabond, se réfugiaient dans ce coin secret des Ephèbes pour s'aimer. En abaissant les lèvres vers son cou, le vieil aveugle cherchait à retenir l'adolescent : peut-être pourrait-il l'emmener chez lui, tout à l'heure, et l'enlacer dans sa chambre, derrière les fenêtres tendues de soie noire, au cœur de l'Olympe des dieux endormis.

« Je crois que c'est le moment de fermer... », rappelait Felix à Auguste qui avait oublié l'heure, emporté par son rêve de chapeaux et de carnaval étincelant. Il y eut les protestations rituelles des derniers clients qui tardaient à descendre de leurs tabourets, puis le cri d'affolement joué de Lucrèce qui refusait l'idée d'aller se coucher et leur proposait de finir la nuit dans une nouvelle boîte, du côté du Moulin-Rouge. Ne pouvant capter l'attention d'Amer qui titubait, elle se raccrochait au bras du cuisinier qui réagissait à peine, fourbu d'avoir dû réparer les dégâts de son « épicerie » inondée.

Il faisait presque doux dans la rue Thérèse. Là-bas, les lumières du Royal-Opéra s'étaient déjà éteintes. La nuit était encore très profonde. Seul brillait un point d'or dans l'obscurité de la fin du trottoir : c'était la croix de Martín qui arrivait, dépoitraillé, de L'Illusion où il avait dansé des heures durant. Il montait dans un taxi avec un garçon dont je ne distinguais pas le visage. La neige qui revenait et volait autour de la voiture — les emportant vers un autre côté de Paris — me paraissait, à mon tour, venir de l'Est du monde. C'était l'illusion qu'il m'avait transmise, la dernière croyance que l'amour me laissait.

VII

Dans la chambre de la Belle Espérance, les gueules-de-loup aux lobes de satin noir brodées sur la robe étalée au milieu du tapis semblaient s'ouvrir sous les reflets de la lampe-tempête du porche. Les souliers piqués d'étoiles de dentelle étaient alignés au bas de la malle de la Compagnie d'Orient. Sur la coiffeuse luisait un coton encore imbibé d'eau bleue : Lydia avait donc pris le temps de se démaquiller ce soir. Elle dormait, les mains jointes sur ses seins nus et le drap lui ceinturant la taille — comme si un mouvement inconscient de pudeur l'avait ramené vers le haut de ses hanches. Dans la pièce flottaient les traces d'un parfum musqué, une odeur d'alcool tiède et de linge mis à sécher. La pénombre m'avait d'abord empêché d'apercevoir Noël, renversé à l'autre bout du lit. Je m'étonnais à peine de sa présence : il avait dû aller écouter Lydia à L'Oiseau de Nuit et lui offrir quelques verres de champagne — cela avait suffi pour la séduire.

Sur la table de chevet, au pied de la lampe d'albâtre, étaient étalés ses gants blancs. Il devait, avec une naïveté irréelle, continuer à les arborer dans les cabarets de Paris comme si rien n'avait changé depuis l'époque où il les portait dans les parades coloniales ou les soirs de gala, au mess des officiers. Jamais ils ne m'étaient apparus aussi lumineux, ses gants, qu'un matin de juin, dans l'ombre des jardins de la villa réquisitionnée par le Général sur les hauteurs d'Alger — un peu avant que la guerre ne touchât à son terme. Leur éclat fendait les buissons de ronces pour y reprendre le chapeau de sa femme Christine que le vent marin avait emporté — ce chapeau de paille blonde, orné d'une pivoine de taffetas dont il retirait, une à une, les épines roussies par l'été, avec des gestes de couturier enlevant le semis d'aiguilles d'un modèle. Lorsqu'il revint déposer le chapeau sur la table, près de la carafe de cristal où se reflétait la pourpre de la fleur à peine ébouriffée, tous avaient les yeux fixés sur ses gants dont la recherche parmi les ronces n'avait pas altéré la splendeur immaculée, sauf une légère griffe, l'amorce d'un décousu à son poignet droit, tout près du bouton de nacre noir. Il s'en attristait soudain avec la moue d'un enfant chagrin à moins qu'il ne découvrît, devant l'indifférence joyeuse de Christine qui, droite dans son fauteuil, laissait dégrafer le haut de sa robe par le Général dont les doigts jouaient sur sa peau avec l'ombre des palmes, qu'elle commençait à ne plus l'aimer. Peut-être fus-je le seul à remarquer que, dès cet instant, il avait perdu foi dans ses gants blancs. Ils n'étaient plus, à ses yeux, que le dérisoire attribut d'un prince déchu, qui oubliait de les retirer dans le vertige de son abdication et comme décidé — entraîné par la volupté de sa chute — à les corrompre lorsque, quelques instants plus tard, il les plongea dans l'eau du bassin alourdie par le magma de vase noire, de débris de roseaux et de peaux de reptiles décomposés.

Quelle tristesse médusée le retenait là, au fond du jardin d'Essai, entouré du silence bouleversé des enfants qui s'étaient arrêtés de jouer? Et pourquoi cette délectation, mêlée d'épouvante, lorsque, abaissant enfin les yeux sur ses gants, il les vit souillés à ce point? « Ça lui va déjà jusqu'au cœur... », avais-je pensé en le voyant s'enfoncer vers les remparts de broussailles qui commençaient à submerger le toit de l'ancien pavillon de repos. Il cherchait à ne plus entendre les slogans de la manifestation qui, depuis le boulevard ceinturant la Médina, prédisaient la victoire du peuple algérien. En d'autres temps, ils auraient réveillé en lui l'appétit de tuer, mais une sorte de lassitude l'emportait sur la colère et le désir de combattre. Peut-être la haine des indigènes le désertait à son tour : il avait été si régulièrement vaincu par eux qu'il avait fini par concevoir un respect fasciné à leur égard.

Non, ce qui lui importait, c'était le port de ces gants qu'il plaquait à la paroi en bois d'aubépine du pavillon. Il les observait avec une froideur concentrée, d'expert recherchant sur les facettes d'un objet qu'on viendrait de lui confier les indices de son époque d'origine. Mais à mesure que les slogans s'enflaient dans les rues avoisinant le jardin d'Essai, son attention fervente devenait une sorte d'inquisition hallucinée comme s'il tentait de repérer, dans la configuration brouillée de lin, la dernière région lumineuse qui eût su résister à la propagation des taches et à l'invasion de la souillure. Le soleil se retirait au-dessus des palmiers, ne lui donnant même pas l'illusion d'un gué de blancheur sur le tissu et faisant simplement étinceler le bouton de nacre noire, tel le signe miroitant d'un deuil consommé. Il savait que, cette fois, c'en était vraiment fini, de ses rêves d'opérations glorieuses puisqu'« on leur avait tout donné ». La nuque inclinée dans l'ombre du soleil éteint, il murmurait : « Les clairons sont bons à jeter à la ferraille et le drapeau français est tellement sali qu'on ne sait même plus ce que ça veut dire, le lever aux couleurs. » Il détacha ses mains de la cloison du pavillon et, avec un geste d'abandon déterminé, par lequel il se dépouillait de sa jeunesse et de tout ce à quoi il avait cru jusqu'alors, il dégrafa ses gants et, dans une exultation de dégoût, les fit voltiger autour de lui avant qu'ils n'atterrissent sur les marches du pavillon parmi le désordre des verres et des éventails.

Dans la nuit des extrémités du jardin où il se mettait à rôder, il s'approchait de tout ce qui, à ses yeux exorbités de regret, représentait les vestiges d'une civilisation qu'il jugeait « trahie » et mise en pièces par les stratégies des politiques — miradors effondrés, toiles pendantes de balancelles, échiquiers gisant dans le sable comme s'il recherchait le maximum d'échos à l'état de jachère de ses désirs et de ses rêves. Cette quête de désastre l'étourdissait au point qu'il serait tombé, front en avant, sur les socs des bêches alignées au seuil de la remise s'il n'avait aperçu une paire de ciseaux dans un berceau de joncs. Il s'en empara aussitôt et, tourné vers le miroir qu'un dernier passage de lumière illuminait sur la terrasse du pavillon, il entreprit de découdre, une à une, les décorations sur sa poitrine, éprouvant, dans cette manière de se dégrader lui-même, une ultime fierté puisqu'il n'obéissait à aucun ordre que celui que lui intimait son cœur révolté par l'abdication de sa patrie. Puis, écoutant la rumeur du bal d'adieux improvisé sur la véranda de la villa par les colons et leurs invités, il dit doucement, les lèvres gonflées d'amertume : « Ils ont demandé aux petits gars de mourir pour eux, et eux, ils s'en vont sans laisser de plumes... » Alors il y eut comme un voile de larmes dans ses yeux, un halo de tristesse qui s'attardait sur ses paupières mi-closes comme si revenait en lui le souvenir de ses compagnons tués au combat et cet écho de protestation douloureuse : « morts pour rien » accompagnait la montée des visages des soldats d'où la poussière de sable des Aurès ou les brins d'herbe consumés par les saisons torrides de Kabylie s'envolaient pour leur rendre leur lumière d'enfants qui ne rêvaient que de bals, de randonnées en Vespa et de la tiédeur des bras d'une mère qui s'ouvriraient à leur retour sur les boulevards illuminés des villes en paix. Ces soldats qui — les soirs de peur dans les défilés du djebel ou les gorges des Portes de Fer — se recouvraient, pour se donner du courage, les yeux d'un mouchoir comme lorsqu'ils jouaient au « jeu de la nuit » dans les jardins tranquilles de métropole et dont Noël — dans un de ces gestes de tendresse digne dont il savait aussi faire preuve — tenait la main quand une balle les avait touchés. Lorsqu'ils allaient mourir, il approchait de leurs lèvres l'image de la Vierge — Notre-Dame-du-Soler — que sa mère donnait à bénir à chacun de ses retours.

Une sorte de rancune désespérée subsistait sur ses traits dont la lumière de l'aurore découvrait maintenant, un à un, les plis de peau distendue. Il avait cessé de neiger. On entendait seulement rouler dans la cour voisine de l'épicier les bidons de lait qu'on déchargeait d'un camion. Je m'apprêtais à sortir de la chambre où Lydia continuait à dormir — les mains abaissées vers ses hanches — lorsqu'il ouvrit les yeux, secouant son corps comme une masse de terre glaise où il se serait trouvé enlisé — la terre, la nuit alcoolisée, l'éclat des armes : sa trinité fétiche. Il ne s'étonnait pas de me découvrir à quelques pas, comme aux aguets de son réveil. « Tu attends qui, au juste, ici ?... », se contentait-il de murmurer avec un accent de menace lasse qui avait succédé à l'insolence éblouie de sa jeunesse. Je ne lui répondis pas. Il s'assit au bord du lit en s'ébrouant du vertige de l'ivresse, enfila sa chemise puis son pantalon et agrafa sa ceinture avec une dextérité abrupte, semblable à celle qu'il aurait eue en attachant la boucle de son ceinturon avant de partir en opération au petit matin. Devant mon silence de compassion, où il préférait lire un mépris apitoyé, il s'écria soudain : « Vous allez tous mourir... Les uns après les autres... » Il élevait ses bottes de daim clair au-dessus de la tête et, à plusieurs reprises, frappa, bord à bord, les cercles de fer de leurs talons, faisant mine d'anéantir le peu de vie qu'il dédaignait en nous. Dans ce mime de domination, il retrouvait la superbe, imperméable au moindre doute, qui — croyait-il — le plaçait à nouveau du côté des vainqueurs. « Moi, je suis sain !... Je ne risque rien... », s'exclamait-il. Mais il devait sentir que trop de germes funestes habitaient son corps de baroudeur recru de désillusions et de batailles manquées ; la diatribe rageuse refluait dans sa gorge.

Le halo du pâle soleil d'hiver parvenait à peine à s'inscrire sur l'une des vitres embuées. Lydia venait de se retourner dans son sommeil. Noël remonta, avec une douceur maladroite, le drap qui avait glissé le long de ses jambes nues puis, se penchant pour souffler sur la mèche collée au haut de sa joue, dit : « Elle, elle est belle... Elle échappera à tout... » Une sorte de déférence émue l'emportait sur l'ironie sableuse de ses traits comme si la vue d'une femme endormie — le rappel rêveur de la jouissance qu'elle lui avait apportée — suffisait à rouvrir en lui les régions de sollicitude qu'aucune débauche de cruauté n'avait réussi à altérer. Il abaissait la garde dans ces haltes de prévenance, dans ces répits d'adoration inconsciente qui le réconciliaient avec le jeune homme, frêle à force d'élégance, qu'il avait exilé aux confins de lui-même.

Parce qu'il se devait, pourtant, de ne pas désobéir au rôle de justicier tendu que le monde des guerriers lui avait, depuis toujours, ordonné d'adopter, il retrouvait — dès qu'il se redressait — la raideur de son maintien coutumier. Il se ravisa de ma présence et partit d'un rire mauvais en me disant : « Profites-en, toi... Tant que tu en as le temps... » Puis, apercevant mon sourire songeur — qui, pendant si longtemps, avait été mon unique réplique à la tension de scènes où je me sentais démuni —, il s'excita de ma parade d'indifférence et, m'englobant dans un même geste de condamnation avec tous ceux qu'il avait aperçus dans le quartier réservé de l'Opéra, me lança : « Vous n'êtes que des assassins... Vous êtes en train de tuer tout le monde autour de vous... » Alors se sont mis à cogner dans mon corps — comme autant de poings de larmes glacées — les souvenirs des crimes qu'il avait accomplis dans sa vie : la cuve d'eau brûlante où, derrière les volets d'une villa de Blida, il plongeait les mains ou les pieds de rebelles arrêtés pour obtenir des aveux qu'il finissait par faire éclater en approchant une lame de leurs langues rétrécies par la peur; les douars saccagés d'où les habitants fuyaient, dévalant, au hasard de leur terreur, les pentes de la montagne jusqu'à ce qu'ils basculent dans les pièges — de vastes trous déguisés par des touffes de buissons dont il avait eu lui-même l'idée puisqu'il était impossible d'incendier les versants d'argile craquelés par le givre; et puis, à la fin de la guerre, lorsqu'il s'était laissé embrigader par l'O.A.S. qui exploitait sa volonté corrompue, les meurtres qu'il avait perpétrés au hasard, presque par distraction, pour occuper l'ennui des jours imprégnés par l'odeur de glycérine, de tôles et d'essence brûlées.

Ce n'était pas tant son accusation : « Vous n'êtes que des assassins... » que les plaintes de ceux qu'il avait tués ou torturés dans sa vie qui se mettaient à résonner de tous côtés dans mon corps, devenu cet antre de chair peuplé d'agonisants qui, à l'ombre des baïonnettes, se traînaient sur la terre d'Algérie ou dans les marais d'Indochine. Oui, c'étaient leurs supplications répétées sous des cieux torrides ou dans l'obscurité des matins de mousson qui m'ont fait avancer brusquement — emporté par une colère que j'avais trop longtemps endiguée — et agripper en un seul bond les revers de sa veste. Tandis qu'un rictus étonné par l'irruption de ma violence se dessinait sur ses lèvres, je criai : « C'est toi qui es fini... Complètement fini... Tu entends ?... » Il se délivra de mon emprise, fit mine de se retourner puis me gifla avec une telle force que j'eus à peine le temps d'apercevoir la lueur dorée de sa chevalière et allai me renverser sur le dos, quelques mètres plus loin, près du lit d'où pendait la main blanche de Lydia, si proche de mon front qu'elle paraissait — même dans l'inconscience de son sommeil de fuite — me protéger, vouloir apaiser, de ses doigts recourbés, la fièvre qui me brûlait le visage. J'avais, dans la bouche, un goût de sang — dont je ne savais d'où il coulait. Mais il a suffi que je réécoute en moi-même le cri, qui s'éteignait, d'un adolescent épuisé de tortures dans la villa de Blida, auquel succédaient les gémissements de ceux qui, ce matin, à l'hôpital Saint-Joseph, agrippaient, de souffrance et d'abandon, les rebords de leurs lits, pour que j'arrive à me redresser malgré la douleur de mes vertèbres froissées. Je saisis, à mes côtés, les bottes de daim avant de me précipiter pour lui en balayer le crâne. J'entendais seulement sa voix qui répétait presque faiblement : « Mais qu'est-ce qui te prend ?... », puis je me laissai glisser près de Lydia. Elle s'éveillait, à demi inconsciente et, effarée d'un tel désordre, se tournait vers l'armoire vitrée abritant les souliers de Viviane Roger, pour s'assurer qu'elle n'était pas brisée. Comme hébété par mes coups ou assoupi par une dernière vague d'ivresse qui le traversait, Noël allait s'asseoir dans le fauteuil où la lumière du matin, ravivée par la réverbération de la neige au soleil, accentuait les marbrures rosâtres sur son crâne incliné.

Il enfilait ses gants avec une application engourdie qui était l'involontaire parodie de l'élégance avec laquelle il les revêtait avant. Il éprouvait de la peine à enfoncer les doigts de lin encore mouillé par son retour sous la neige de L'Oiseau de Nuit. Puis il endossa, avec une superbe aigre, le manteau brun qui leur tenait lieu d'uniforme. Il allait regagner l'hôtel de la Cité Bergère où, dans quelques instants, il se livrerait à des analyses péremptoires et hallucinées en dépliant devant ses camarades une carte du monde. Il leur prédirait des bouleversements de frontières, des convulsions d'empire et surtout la chute des régimes régnant sur les provinces qu'ils avaient jadis défendues. Une fois épuisés leurs rêves stratégiques et repris par leur euphorie de regret, ils se mettraient à évoquer — les yeux enfiévrés de paludisme mal guéri, pâlis d'inadaptation noyée dans la journée d'ivresse — la nuit passée à festoyer avec l'empereur Bao Dai qui, pour leur avoir témoigné sa reconnaissance de l'avoir protégé — lui et sa famille exilée —, leur avait offert, amenée sur une litière d'or, une fille du Siam émergeant de la profondeur des coussins en forme de lotus géants comme d'un bain de soie vénéneuse. « Soleil d'Asie », c'était ainsi que l'avait appelée, juste avant de mourir, le plus jeune de la compagnie qui, atteint par une balle perdue, s'était renversé dans la nuit des rizières.

La porte se referma derrière lui, sans qu'il se fût retourné sur Lydia. Comme pour se faire pardonner de s'être abandonnée à lui, elle me disait, agenouillée sur le lit : « Ce n'est qu'une bande de vieux bourgeois rangés, occupés à compter leurs points de retraite... » A peine eus-je le temps d'apercevoir le crâne nu de Noël qui brillait sous le ciel redevenu bleu et le mouvement de ses épaules secouant la masse de neige qui venait de tomber de la corniche. Ce geste, vaguement exaspéré, de baroudeur fatigué de l'hiver, c'était tout ce qui me resterait de lui, que j'étais certain de ne plus jamais revoir. Tandis qu'il se ramenait, au bout de la cour, à une ombre oscillant dans le vent, la pitié, à nouveau, l'emportait — cette pitié qui représentait le pire des attachements car, selon l'expression de Lydia, elle était comme un second cœur enfoui dans des régions si primitives en soi qu'il était impossible de la repérer pour l'extraire de sa gangue de chair et s'en délivrer, vivant.

VIII

J'avais tout de suite compris en recevant la lettre d'Espagne. C'était la sœur d'Eduardo. Elle m'annonçait sa mort, jeudi dernier. Cela faisait déjà trois jours. Elle me demandait d'enlever ses affaires dans l'appartement de la rue du Rocher. Les garder pour moi ou les lui envoyer : je n'avais qu'à décider moi-même. Il y avait une certaine sécheresse dans sa lettre. Son chagrin l'expliquait mais j'y devinais aussi le reproche qu'elle m'adressait — ainsi qu'à tous ceux dont les visages lui demeuraient inconnus — d'avoir laissé son frère courir à sa perte, de n'avoir pas su le retenir au bord de l'abîme des plaisirs empoisonnés qui l'avaient condamné. Elle devait tous nous maudire, nous englober — ainsi que Paris, ses cabarets et sa profusion de libertés — dans une même rancune désespérée. Peut-être avait-elle raison, au fond : un peu plus d'attention de notre part, un peu moins d'exigence inconsciente qu'il continuât à jouer le rôle d'amuseur et de spécialiste des expériences inédites dans le carrousel des nuits blanches l'auraient, sinon sauvé, du moins préservé quelque temps encore.

Il s'était éteint dans la paix de Dieu — écrivait-elle.

Je l'espérais, je le souhaitais. D'ailleurs — c'était ce à quoi je pensais pour lutter contre la tristesse qui m'engourdissait le cœur — il avait toujours conservé un lien avec les rites de son pays. Chaque année, quand arrivait la semaine sainte, il prenait un congé et descendait à Zamora. J'étais l'un des rares habitués du Vagabond auxquels il confiait son secret. (Les autres, disait-il, s'en seraient moqués : il inventait qu'il partait pour Sitges ou Málaga.) Le jour des Cendres, il était fier de porter, pour la faire défiler à travers la ville, la Vierge de sa confrérie, presque voluptueuse — assurait-il — avec ses faisceaux d'œillets de bal et sa robe cousue de pierreries abritant, dans ses vallées de brocart, des armadas d'anges de bois cuivré. Jusqu'à la fin de la procession, il ne distinguait, à travers la brume de sueur qui voilait son regard, que les reflets des cierges tenus par les pénitents du paso précédent. C'était sa manière à lui non pas d'expier, en l'espace d'une journée d'abnégation et d'épuisement salvateur, les excès de son existence à Paris (même aux plus terribles moments de sa maladie, il ne regretterait aucun d'eux), mais de rester fidèle à sa région natale et, en prenant sa part de sacrifice et de dénuement, de se rapprocher — une fois au moins dans l'année — de sa mère. Il en admirait la piété paysanne, l'oubli souriant de la pauvreté, la bienveillance innée. Elle n'avait jamais désapprouvé son départ, l'admettait tel qu'il était. A peine avait-elle un silence inquiet quand elle le voyait arriver sous le soleil d'avril, le visage émacié par les veilles du Vagabond. C'était elle qui, en le ramenant à Tormes, lui avait permis de s'éteindre dans le calme.

Le dernier soir, il avait dû fermer les yeux sur les

premières fleurs du figuier de la cour, la mousse grise de la margelle du puits et le seau posé au bord du carré de lavande. Il avait écouté les sons qui s'égrenaient dans le silence du village : les ailes des tourterelles qui cognaient contre les anciennes cuves de miel entreposées dans le hangar d'Alvaro, le raclement d'une pelle sur l'aire de ciment où l'on venait de peser les tombereaux d'orge, le froissement des buissons de roses d'hiver traversés, dans le jardin du presbytère, par les hérons pourprés qui arrivaient de l'étang. Puis la musique grelottante qui accompagnait la descente du passage à niveau alors que, des quais couverts de trèfles, s'approchait la micheline qu'il avait si souvent prise pour aller vendre sur la place de Zamora les billets de loterie — cette « illusion du samedi » comme il l'appelait devant nous sans que personne sût au Vagabond le sens réel de cette expression et combien elle s'enracinait dans sa jeunesse.

Après que le tintement de l'angélus s'était perdu dans l'ombre de la plaine, il avait entendu les pas des voisins qui installaient les chaises de paille sur le trottoir. Ils entouraient Maria qui chantait la saeta — « Pour toi j'ai passé toutes les heures de la nuit / Sans dormir » — qu'il fredonnait dans le silence des aubes d'été où je le raccompagnais jusqu'à la rue du Rocher. Oui, c'était bien que sa vie ait fini là-bas, loin des miroirs du Vagabond et de ses amours masqués, sur la terre de Castille qui, le temps d'une demi-saison, lui avait redonné son âme de petit paysan folâtre et grave qui n'avait jamais désobéi à sa nature. L'immense terre de Castille s'était refermée sur lui avec ses bandes de brun et de mauve, seulement coupées par le scintillement d'épées des cornes de taureaux émergeant des fourrés et l'or des îlots de marguerites sauvages dans le bleu de cendre des ruisseaux éteints ; cette terre dont le ciel — à force de confrontation égale avec la nudité de la plaine — prenait une texture rugueuse, atténuée par la douceur des nuages flottant comme des brins de laine gris pâle oubliés juste avant la nuit.

IX

Peut-être Lydia avait-elle senti, au moment où je lui avais annoncé, dans l'après-midi, la disparition d'Eduardo, qu'il n'était plus temps de se laisser retarder par le doute, entraver par ces accès de découragement chronique qui n'étaient que des comédies de l'orgueil. Elle s'était enfin décidée à chanter, ce soir, une des chansons qu'elle avait écrites elle-même et dont, pendant tant d'années, elle s'était empressée de me dissimuler les brouillons dès que j'entrais chez elle. Ce fut un triomphe. Dans la salle de L'Oiseau de Nuit, on avait acclamé sa romance — un hommage à Viviane Roger à laquelle elle avait fini par ressembler avec son masque de fard grège, son rouge à lèvres fuchsia et ses trois crans de cheveux roux.

Sous le balcon où le piano et les cuivres étaient déjà recouverts de housses, Lisbeth et Monsieur Sylvestre continuaient à danser le long des boiseries blondes du cabaret désert. Oubliant que la musique de l'orchestre s'était arrêtée depuis longtemps, ils suivaient la rumeur d'une autre de ses chansons que Lydia répétait pour le lendemain, en se démaquillant dans sa loge. Chacun de ses éclairs d'impatience — lorsqu'elle écorchait un mot ou dérapait sur une note — entraînait un désordre de leurs pas, un mouvement plus saccadé de leurs bras.

Les lumières s'éteignaient autour de la piste de danse. On allait fermer. Ils se détachaient l'un de l'autre, à peine étonnés qu'aucune silhouette n'apparût entre les tables. En traversant la salle, ils se portaient presque au bord des panneaux en verre satiné où se profilaient les vols d'oiseaux sculptés. Dans la nuit du hall où ils arrivaient, Monsieur Sylvestre devança légèrement Lisbeth puis se retourna vers elle. Du bout des doigts, il retira la minuscule dague translucide au cœur de la broche en forme de coquille d'émail doré qui retenait le chignon de Lisbeth. Puis il enleva les épingles sans tâtonner comme s'il connaissait les places exactes où elle les avait enfouies. Il approcha ses lèvres des cheveux cendrés et les posa au seul endroit où ils avaient gardé le flamboiement de la jeunesse — la mèche unique et presque blonde qui se déroulait en torsade sur sa joue gauche et qu'il ramenait derrière son lobe d'oreille. Il devait se hisser sur la pointe des pieds pour demeurer ainsi, la bouche prise dans ses cheveux, rendu inconscient par la ferveur de son adoration.

Quand elle rouvrit les yeux, elle était comme effarée qu'un homme pût se contenter de ce simple toucher, de cette seule immersion des lèvres dans la couronne à demi flottante de ses mèches blanches. Il l'avait attendue, des saisons entières, rien que pour respirer ce parfum de santal qui l'envoûtait et le laissait stupéfait de bonheur et d'oubli du monde autour de lui. Elle ne se retirait pas, pourtant : elle avait tant attendu elle-même dans son studio mansardé, sans autre projet que de confectionner les robes de Lydia, sans autre avenir que de nous réunir autour d'elle, le dimanche à midi. Les années passaient, il n'était plus temps de montrer une réticence inquiète devant la résurgence de l'amour. En elle résonnait — je le devinais à l'ombre de tristesse dominée qui traversait parfois son regard — ce que lui avait dit Eduardo, après que, dans le jardin de l'hôpital Saint-Joseph, ils se furent levés du banc où elle lui avait parlé de l'hôtel de paille et de la presqu'île de Ras el-Bar : « J'ai l'impression que vous avez envie de revoir tout cela, Lisbeth... Partez... Réalisez ce que je n'ai pas eu le temps de faire... » Elle le lui avait promis en caressant le col raglan du pull-over bleu marine qu'elle lui avait tricoté.

Monsieur Sylvestre était le compagnon que la vie lui offrait pour rejoindre le meilleur de son passé : les lais de mer dans le silence du delta ensoleillé, l'ombre de la cabane où l'artisan de Damiette tressait les chapeaux de crin végétal et la jetée de bois noir où on dansait, le soir, au son grésillant du gramophone à pavillon. Elle laissait, sur le seuil, Monsieur Sylvestre lui ajuster — dans un geste d'émerveillement maladroit — le bibi de feutre prune dans ses cheveux défaits, tandis que les ampoules de l'enseigne du cabaret clignotaient une dernière fois avant de s'éteindre. En le suivant sous la neige qui volait dans le ciel de la rue sans atteindre les pavés, elle osait, pour la première fois, le plaisanter sur la lourdeur du portefeuille qui gonflait la poche de sa veste et sur les chaussures de cuir tressé qui — lui disait-elle — convenaient mieux aux plages d'Alexandrie qu'aux trottoirs glacés de Paris.

Ils s'étaient arrêtés devant la vitrine du musée Grévin et, leurs visages collés à la glace, entourés par la brume de neige qui déportait vers eux les lumières du hall de l'hôtel Chopin, ils regardaient battre le cœur de la femme de cire — si lentement qu'ils pensaient le voir cesser à tout instant. Ils étaient surpris qu'il reprît, prolongé, calme, à l'abri de l'étole de fourrure blanche — pareille à une loutre assoupie sur la poitrine de la cantatrice au regard extatique, privé de cils dans le baldaquin où elle était étendue, un sac verni au bout de son bras abandonné. Oui, une loutre préservant de sa chaleur le cœur devenu improbable tant ses battements s'espaçaient sous le corsage de la robe très légère qu'elle aurait pu porter dans un gala estival, de même que ses escarpins de satin soleil et son diadème de fleurs de perles enserrant les cheveux laqués. Comme si le froid (qui les amenait à se blottir l'un contre l'autre, à joindre leurs mains gercées) enrayait la machine intime, glaçait le mécanisme des pulsations, manquait bloquer le mouvement des plis du soufflet intérieur, ce cœur-éventail dont l'hiver aurait peut-être fini par avoir raison si la loutre — grâce à sa traînée de fourrure — ne l'avait préservé en attendant qu'une brise de printemps n'arrivât dans le Passage. Tirés de leur contemplation par les exclamations de jeunes gens qui, regroupés un peu plus loin devant une vitrine, se montraient les masques qu'ils comptaient porter la nuit du Carnaval, ils se retiraient doucement de la glace en souriant des empreintes rougeâtres que la pression du verre avait dessinées sur leurs fronts.

Quand, après avoir descendu les marches du passage Ronceray, ils recommençaient à marcher sous la neige qui noyait l'horizon de la rue de Provence, Lisbeth, en se penchant en arrière, retirait les flocons qui se déposaient sur le col de la veste de Monsieur Sylvestre — ce costume gris, un peu lustré à l'endroit des coudes, que je lui avais donné l'hiver dernier, de même que Lydia avait offert à Lisbeth le foulard de soie parme qu'elle portait, ce soir, sous les revers de son manteau carmin. Ils étaient, tous deux, nos protégés, des parents aimés que, d'un accord tacite, nous aurions décidé d'accompagner jusqu'au bout de notre vie : le seul exemple d'amour auquel nous tenions.

En les regardant marcher devant moi, si près l'un de l'autre qu'ils paraissaient former un seul corps dans le halo des lampadaires, je comprenais pourquoi je les suivais avec cette obstination éblouie et tendre. C'était comme si étaient réunis devant moi mon père et ma mère. Je ne les avais jamais vus marcher côte à côte puisque les rares soirs où, devant mon insistance, ils descendaient pour se promener dans le chemin de l'aqueduc d'Auguste Valère, ma mère se tenait à quelques mètres devant lui et — chaque fois qu'elle voyait apparaître des voisins ou des collègues — se cachait presque dans l'obscurité des remparts de roses sauvages de crainte qu'on ne la moquât de former un couple avec cet homme, si petit et frêle d'apparence, dont elle disait qu'elle devait le traîner comme son ombre. Il semblait d'ailleurs se rapetisser de saison en saison, réduit à l'état de serviteur honteux de devoir la supplier de le garder encore quelques années. Toujours : il n'osait plus l'espérer et, à la fin de chaque mois, s'attendait à être congédié comme un domestique diminué qu'on tolérait par charité. Combien de fois, en le voyant harcelé de reproches, asphyxié par l'injustice des remontrances qu'il subissait avec un fatalisme apeuré, avais-je envie de lui dire : « Viens avec moi... Elle est en train de te tuer à petit feu... » Mais il redoutait qu'en prenant sa défense je ne précipite sa condamnation, et il m'adressait un signe affolé pour que je réprime mon élan d'indignation. Malgré une accélération dans le rythme des brimades, il l'aimait encore — même si, certaines nuits, elle lui imposait de coucher sur le tapis, au pied du lit, où il restait, les yeux écarquillés de l'espérance qu'après minuit, par pitié ou lassitude d'être épiée, elle lui accordât la faveur de se glisser entre les draps. Oui, il continuait à l'aimer même si, invariablement, elle rejetait le couffin empli de légumes qu'elle lui avait envoyé chercher au marché. Il avait choisi — lui criait-elle — « les plus défraîchis » et ne s'était pas aperçu que la viande était avariée ou que le poisson — dont elle soulevait, du bout des ongles, les branchies avec un dégoût exultant — datait « au moins de l'avant-veille ». Elle lui ordonnait de les rapporter pour les échanger. On le voyait partir, perdu dans le vent de sable, le couffin ballottant contre son corps maigre et voûté de panique rentrée. Arrivé à la porte des halles, il s'épouvantait de ce que les étals fussent déjà démontés, avant d'errer dans le désert des allées en priant qu'un miracle fît surgir, sous les derniers ciels noirs des bâches que l'on s'apprêtait à descendre, les fruits les plus éclatants de la région ou les crevettes encore ruisselantes d'algues dans les chariots de glace. Mais tout avait fondu, une odeur de mer corrompue flottait entre les piles de cageots. Il rôdait parmi les papiers gras et les pailles noircies comme un vagabond désorienté; ses mains brûlantes de découragement retenaient à peine l'anse du couffin qu'il s'apprêtait à abandonner comme si son cœur, à chaque pas, devait le lâcher.

J'étais heureux de voir réunis, là-bas, au seuil de la rue Pétrelle, Lisbeth et Monsieur Sylvestre : j'aurais connu les plaisirs les plus intenses de ma vie aux moments où je voyais exaucé — même incarné par d'autres -- un souhait qui remontait du fond de l'enfance. Alors qu'elle appuyait sur le bouton de la porte d'entrée, Monsieur Sylvestre lui tendait un petit paquet qu'il avait lui-même enveloppé de papier argenté. Lisbeth retirait ses gants pour défaire le nœud du ruban : son visage s'éclairait de gratitude en découvrant le pique-aiguilles qu'il avait recherché de brocanteur en brocanteur pendant des mois et lui avait promis d'ajouter à sa collection — l'animal de bronze gris, couleur du lac de sel où, derrière la digue d'Ajami, venaient en décembre se réfugier les cygnes de Russie. Tandis qu'elle le gardait blotti dans sa main pour le protéger du vol de flocons, il effleurait de ses lèvres la broche accrochée au revers de son manteau. Puis il entoura la grappe de lilas de perles avec ses doigts si minces et pâles — presque friables — qui formaient une coupe de peau traversée de reflets bleuâtres. La nuit qui éteignait la moindre rumeur sur les boulevards semblait accompagner, par l'empire de son silence, la précaution de ce rite d'échange qui, en n'ébréchant pas de la moindre fausse note leur pacte de pudeur, transfigurait le désir et le délivrait de sa gangue de pulsions éphémères.

Il était tard. Elle referma doucement la porte derrière elle. Il attendit qu'un peu de lumière filtrât là-haut, entre les persiennes du studio. Il savait qu'elle renonçait, pour la première fois, à s'allonger dans la chaise longue de rotin en égrenant les dés du chapelet comme autant de minutes d'ivoire qui la séparaient du retour de son fils. Il devina le geste de sa main déposant le pique-aiguilles sur la table indienne près de la liseuse qu'elle avait commencé à tricoter. Puis tout s'éteignit. Il pouvait partir tranquille. C'était lui qui, désormais, était capable d'assouvir ce besoin de retrouvailles, ce désir d'effusion, cette envie d'une autre main jointe à la sienne, qui auraient risqué de s'étioler si elle les avait tenus plus longtemps secrets. Il s'en allait presque fier sous son chapeau blanchi, tout en prenant son épais portefeuille à la main pour qu'elle ne lui fît plus le reproche d'avancer déséquilibré sur le côté droit.

X

Quand j'entrai au Vagabond, on achevait de retirer les guirlandes de Noël et les bouquets de perles accrochés aux masques de l'Amour. C'était la fin de la nuit. Auguste ne relevait la tête de son tiroir-caisse que pour me dire : « Ils sont tous partis à L'Illusion... » Eduardo était déjà remplacé. C'était un autre serveur qui enlevait les verres vides dans les niches de velours puis essuyait l'alcool renversé sur le comptoir. Dans quelques jours, personne n'évoquerait le souvenir d'Eduardo. Il avait été passé aux profits et pertes du Vagabond — lui qu'on avait tant applaudi pour la vivacité de ses plaisanteries, ses imitations burlesques, ses bouquets de violettes imaginaires et son regard pétillant de générosité complice lorsqu'il versait une rasade supplémentaire. On oubliait vite au Vagabond. On se hâtait de reléguer dans la remise des époques révolues — comme des accessoires de parade, des fusées désuètes qu'un artificier dédaignerait de reprendre pour la prochaine saison — ceux auxquels on évitait de penser par peur de leur ressembler bientôt.

Thierry Somperac était assis sous la paroi des fleurs

peintes. Il était donc revenu ici, comme il me l'avait promis le soir où j'étais passé dans son appartement de la rue des Ecouffes après avoir accompagné Eduardo à la gare d'Austerlitz. Dès qu'il m'aperçut, il me raconta, avec un plaisir volubile, comment, ce soir, un vent glacé lui avait semblé entrer soudain dans le salon où il donnait une énième soirée, enlevant aux invités leurs masques de comédie et effritant le fard de leur sourire théâtral. Elise de La Genardière lui était apparue sous son vrai visage : une intrigante de profession, experte en calomnies et puisant dans la poche de venin qu'elle avait en guise de cœur les paroles empoisonnées qu'elle distillait pour anéantir ceux qui avaient le tort de l'ignorer ou de la redouter. Elle trouvait, selon lui, dans l'exercice du dénigrement le moyen de conjurer la fin de sa beauté et se donnait l'illusion de la pérennité de sa séduction en se faisant accompagner par une cour de jeunes hommes qu'elle choisissait en fonction de leur faiblesse de caractère et de leur propension à la fascination : cette caste d'eunuques de l'âme qu'ils étaient devenus à force de dévotion et d'empressement castré, et à laquelle il avait, un temps, lui-même appartenu — reconnaissait-il aujourd'hui. Il éprouvait une sorte de fierté sauvage à avoir enfin osé secouer sa tutelle vénéneuse en lui lançant au cours d'une conversation où elle exaltait les mérites du dilettantisme : « Vous prenez vos insuffisances pour des vertus... » Elle était sortie précipitamment, suivie par les autres invités qui avaient aussitôt embrassé sa cause. Ils avaient dévalé l'escalier en vociférant : un véritable troupeau — disait-il, radieux — qui, bêlant d'indignation, caracolait et dérapait sur les marches récemment cirées.

Peu lui importait de ne plus les revoir; il n'était simplement plus l'heure de perdre son temps — sa voix devenait grave sous le ciel des miroirs qui s'éteignaient. Lui aussi, il avait peur de mourir, il ne lui restait peut-être pas tant d'années à traverser pour les gaspiller dans la supercherie et le mensonge des relations. A force de les fréquenter, il avait fini par oublier où était la vérité du monde : peut-être sur le trottoir de la rue Thérèse ou au bord de la fontaine Molière où, hiver comme été, il avait connu — malgré le dénuement et la précarité des lendemains — cet amour de la vie qui, en embrasant à nouveau son visage, le rendait plus lumineux qu'il ne l'avait jamais été. Il se tournait vers Auguste et le regardait avec une sorte d'ardeur suppliante : il paraissait lui demander en silence de le reconnaître et de l'admettre à nouveau dans le cercle du Vagabond comme s'il n'en était jamais parti.

Christian venait vers moi du fond de la salle de restaurant où on empilait les nappes devant la porte de la chambre à falbalas. Il sortait de dessous sa cape un cahier d'écolier recouvert de papier brun. Je le reconnus aussitôt. C'était le journal de Joep qui portait, en haut, à gauche, une étiquette avec son nom et son adresse. Les lettres en avaient été brouillées par une averse d'été qui l'avait surpris sur le quai des Iles-Orientales où il notait les paroles échangées avec un garçon qu'il venait de rencontrer dans une allée des anciens chantiers. Christian ajoutait — de la même voix précipitée qu'il avait eue pour m'annoncer sa mort — que l'attaché culturel de l'Institut néerlandais le lui avait remis dans l'après-midi. Par cette transmission du cahier de Joep — que j'avais à la fois hâte et peur d'ouvrir — qu'il accompagnait d'un sourire tendre en me disant : « Je te le donne... Il te revient... Tu as été le meilleur de ses amis, ici... », Christian redevenait le frère de sang qu'il avait été si longtemps pour moi. Le temps était venu où nous ne pouvions plus nous permettre de laisser — par orgueil ou ironie — s'étioler une amitié qui serait parmi les trois ou quatre beaux souvenirs que nous retiendrions de la vie au dernier instant.

Il me prenait la main avec une douceur insistante et presque douloureuse : la même qu'il avait eue pour sceller notre amitié le jour où nous nous étions placés côte à côte au fond du car Rossignol dont me revenait, intacte, l'odeur de mazout, de tôle brûlante et de papiers tombés des gaufres ou des beignets. Il devait tout retrouver aussi, sans doute, car il me disait déjà : « Tu te souviens de Lucie?... » — elle qui était souvent notre voisine sur la banquette arrière dont le revêtement de cuir jaune éclatait, par endroits, sur des poignées de crin. Enveloppée dans une série de châles noirs, elle dodelinait de la tête tout en marmonnant une comptabilité infinie — celle des Dames de France où elle avait travaillé comme caissière avant d'être touchée à la tempe par un éboulis de pierres tombant du clocher de l'ancien presbytère de Sainte-Colombe qu'elle habitait depuis sa retraite.

Christian me rappelait le jour torride de juin où, derrière les parasols et les sacs de plage entassés dans le couloir de l'autobus, elle s'écria soudain qu'elle avait très froid. Elle ne comprenait pas que le propriétaire de la ligne, Monsieur Delmas, ne distribuât pas des couvertures aux passagers ; il fallait accélérer avant que les congères ne submergent la route. Elle s'affolait de ne pas arriver à temps à Sainte-Colombe et rayait, de ses ongles, les vitres qu'elle croyait embuées. Elle y descendit en ruant des coudes contre tous ceux qui tentaient de l'apaiser en la persuadant, le bras tendu vers le bleu du ciel ou les haies de myrtes, que c'était un jour d'été. Mais non, elle se précipitait en serrant ses châles vers le lit nu de la rivière, harcelée par les tourbillons de fleurs de pêchers qu'elle prenait pour des rafales de flocons. Elle courait de plus en plus vite pour ne pas risquer d'être pétrifiée par la neige avant de rechercher d'arbre en arbre, de poutre en poutre — sous le toit du hangar de l'ancienne métairie — des nids de colombes imaginaires. Elle s'efforçait de les sauver du gel et, croyant recueillir leurs corps comateux, allait les déposer dans la terre qu'elle fouillait avec une frénésie de colère et de détresse jusqu'à ce qu'elle rencontrât les veines des racines chaudes. Quand, quelques mois plus tard, nous sommes allés lui rendre visite à l'asile de Thuir, elle ne s'est pas retournée. Muette dans sa robe en coton rouge des Dames de France, elle se contentait de suivre — le visage appuyé contre la fenêtre — la course de la meute des chiens-loups du gardien du château de Castelnou au bas des collines où les tumulus de neige qu'elle s'imaginait apercevoir étaient des cônes d'œillets sauvages qui brûlaient sous le soleil de mai.

« Elle en est sortie, il y a quelques mois... Je vais la voir, tous les dimanches... Elle se souvient de toi, tu sais... Elle aimerait que tu reviennes, un jour... Elle a fait installer des colombiers dans la cour du presbytère... Tous les matins, elle attache des messages aux pattes de ses pigeons et les envoie dans tout le département... Elle attend leur retour jusqu'au soir, vers neuf heures... S'inquiète quand il y a un peu d'orage... Elle voudrait placer des colonnes de cuivre qui éloignent les mauvaises ondes... », me disait Christian. Et comme s'il ne lui importait plus de donner le change et d'avoir le beau rôle, il achevait de retirer son masque de bravade et, retrouvant ce mince sourire qu'il avait toujours au bord des aveux : « Je n'ai pas réussi à vendre mon paysage de Maillol... Ça ne fait rien... Je vais essayer de tenir encore quelque temps... Il me restera toujours les invitations de la sous-préfète... » — ces déjeuners où des notables, en mal de fantaisie, attendaient, tout en le méprisant un peu, qu'il jouât le rôle de bouffon sulfureux et révélât — à mesure qu'ils l'incitaient à boire — quelques anecdotes vénéneuses sur son séjour parisien. Pour éviter que je n'émette la moindre réserve triste sur l'existence qu'il allait à nouveau mener, ou ne lui propose de l'aider — devenant, à mon tour, son aîné —, il s'éloignait déjà vers la porte du Vagabond en sifflotant sa ritournelle. Puis il s'arrêtait, hésitait quelques secondes sur la poignée comme s'il recherchait dans la mosaïque de miroirs les reflets d'une époque où il m'appelait pour que nous partions ensemble vers d'autres cabarets, d'autres amours.

Dans la salle de restaurant, les lumières s'éteignaient sur l'aveugle des Ephèbes qui, d'une main, s'appuyait sur sa canne et, de l'autre, caressait les photographies des adolescents en maillots alignées au-dessus des tables. Personne n'y prêtait attention à cause de leur esthétique révolue hormis les clients les plus anciens qui avaient demandé à Auguste qu'on ne les retirât jamais comme s'ils restaient les seuls emblèmes de leur jeunesse. Debout sur des plages neutres, devant un parapet de sable, une cahute de bambous ou les balustrades d'un belvédère, ils ressemblaient — par leurs corps massifs, aux épaules lourdes, aux cuisses épaisses, par leur sourire de connivence maladroite et cette grâce brute qui émanait de leur maintien farouche, dénué de toute volonté de séduction (pris de profil, face à la mer, ils paraissaient moins soucieux de l'objectif que de se précipiter dans les vagues) — aux jeunes paysans auxquels Joep demandait de poser dans le jardin de sa maison de Calabuig, en été. C'étaient leurs silhouettes qu'il avait dessinées dans les premières pages du cahier. Puis il écrivait, d'une écriture régulière, paisible — les lettres ne s'enchevêtrant qu'à la fin de certains mots :

5 décembre

Je n'ai plus mal. Je respire mieux. J'ai l'impression que, demain, je vais pouvoir quitter le lit et même, peut-être, recommencer à peindre. Assis, bien sûr. Cela ne m'est encore jamais arrivé. Mais j'en prendrai l'habitude. J'ai appris à accepter tant de choses depuis quelques mois. Tout ce dont j'ai besoin, c'est que personne ne soit témoin de mes tentatives et ne les prenne en pitié. Le vieil orgueil, lui, est toujours là. Je veux qu'on me laisse la paix. Qu'ils ne se croient pas obligés de me téléphoner ou de me rendre visite. Leurs discours de réconfort, leurs conseils me fatiguent. Ils s'imaginent, tous, détenir la vérité, être au courant d'un nouveau traitement qui me sauverait. Ils n'osent plus employer le futur, c'est leur seule pudeur. Je n'aime pas qu'ils s'assoient au bord du lit pour me faire croire qu'ils n'ont pas peur. Ils repartent avec bonne conscience : ils pourront raconter autour d'eux qu'ils m'ont tendu sans hésiter un verre ou une cuillère. Avec une vague inquiétude quand même : s'ils étaient allés trop loin ? Mais celle qui m'est le plus insupportable, c'est ma mère. Elle m'a achevé, au début, avec son affolement un peu théâtral. Elle joue le dévouement, elle se met en scène dans le rôle de l'infirmière compatissante. Mais c'est surtout sur elle-même qu'elle s'apitoie. A l'entendre, c'est à elle que le destin vient de porter un mauvais coup. Elle n'est sensible que par procuration; son pessimisme n'a été, de tout temps, que l'alibi de son égoïsme. Quand elle me voit grimacer, elle l'attribue à la douleur. Elle ne comprend pas que c'est l'exaspération que je ressens devant le moindre de ses gestes, sa manière, par exemple, de tapoter l'oreiller toutes les cinq minutes. Déjà, quand je devais garder le lit, enfant, elle se souciait davantage du désordre de la chambre et des draps que de mon état. Ou lorsque, traversant l'appartement en tous sens, elle ne se rappelle plus si elle m'a donné les bons remèdes ou administré la dose correcte. Elle accuse sa mémoire défaillante, son âge. Je l'ai choquée en lui disant que sa vieillesse la préservait. Quand elle devine mon impatience, elle se rachète par des démonstrations d'affection comme si elle pouvait, avec quelques baisers rapides, compenser l'indifférence ou l'hostilité qu'elle a eue, si longtemps, à l'égard de ma vie. On aurait dit qu'elle mettait mon passé sous scellés, en attendant la conclusion de l'enquête, le jour où elle a enfermé à double tour dans l'armoire mes blousons et mes pantalons de cuir, mon « uniforme de turpitude », comme elle l'avait appelé après m'avoir rencontré, par hasard, dans la rue du D.O.K. Elle s'apprêtait aussi à ranger, mais là j'ai eu la force de l'en empêcher, ma palette et mes pinceaux sous prétexte que l'odeur de peinture et de térébenthine m'empêchait de respirer. Une façon comme une autre de mettre mon travail au rancart. Elle l'a toujours dénigré. J'ai d'ailleurs, avec les années, cessé de l'évoquer devant elle et appris à passer sous silence les succès que j'ai pu obtenir. Le seul que je lui ai annoncé, le prix Grünewald, elle a fait semblant de ne pas en connaître la nature et parlé immédiatement d'autres récompenses plus prestigieuses que j'avais manquées et que je n'aurais sans doute jamais. Peut-être ne m'a-t-elle jamais pardonné que je l'écarte, par mon travail, de mon existence. Ma maladie tombe à pic. Elle est heureuse que je sois à nouveau sous sa dépendance, contraint d'écouter, du lit où je suis cloué, ses jugements, ses remontrances, ses plaintes. Je lui reviens. Parfois, elle ne peut s'empêcher de me dire : « Si tu avais mené une vie plus saine, tu n'en serais pas arrivé là... » Je ne parviens même pas à lui tenir rigueur des reproches qu'elle m'adresse et qu'elle se fait surtout à elle-même. Car elle est malheureuse aussi. Je le sens à sa pâleur soudaine quand elle me voit incapable de lire, au tremblement de ses mains lorsqu'elle vient m'humecter le front avec son mouchoir. Elle le plie ensuite et le met dans sa poche pour garder un peu de la fièvre de son fils avec elle. Si je le lui demande, elle viendra moins souvent, moins longtemps. Je rêve d'un grand silence, celui que je m'étais promis de retrouver, cet été, à l'abbaye des Dunes. Je n'ose pas demander au Père supérieur de m'accepter. Je veux éviter d'entendre son souffle de charité déçue en me refusant cette dernière hospitalité. Pourtant, au moment même où je désire couper les amarres avec le monde, je me rends compte que, si je veux recommencer à peindre, j'ai besoin de quelqu'un près de moi. Quelqu'un qui m'avance le fauteuil devant le chevalet ou parte chercher les couleurs qui me manquent. C'est ainsi, jusqu'au bout de la vie. Etre bien en restant seul et avoir besoin de l'autre. Je ne suis jamais sorti de ce dilemme. Il m'a toujours tiraillé. C'est sans doute une loi de l'existence pour tous ceux qui n'arrivent pas à être des saints.

6 décembre

J'ai présumé de mes forces. Je ne savais pas que mes jambes étaient devenues si faibles, qu'elles ne me portaient presque plus. J'ai simplement réussi à faire quelques pas jusqu'à la fenêtre. J'ai adressé un signe au vieil Erwin qui dégivrait le pont de sa péniche. Mais il ne m'a pas aperçu. Il y avait un peu de soleil dans le canal. Un remorqueur partait vers la mer. Je l'ai suivi des yeux jusqu'à l'angle des docks. Je ne voyagerai plus. Je ne verrai jamais, comme je me l'étais promis, les mosquées de Samarkand, les temples du Siam, la gare de Vladivostok. D'autres les verront pour moi. Dire qu'avant de tomber malade, j'avais décidé qu'il n'y aurait que deux choses qui compteraient dans les prochaines années : voyager et travailler. Comme le destin peut être ironique. Juste au moment où j'allais m'assagir, essayer de mettre un peu d'ordre dans la belle pagaille de mon existence. J'aurais seulement aimé revoir ma maison de Calabuig. Retrouver l'ombre de la véranda, le soleil sur le jardin. Je vais écrire à Pedro pour lui demander de faucher les herbes du chemin. Il a beaucoup plu, paraît-il, cet automne. La barrière doit disparaître sous les ronces. Il faudrait qu'il surveille les boutures des belles-de-nuit et recloue les planches des murs de la remise. Sinon, au premier orage, elle s'effondrera comme un tas de vieilles pailles. Je devine déjà son étonnement en me voyant descendre du train. Il ne me posera pourtant pas de questions sur ma maigreur et ma difficulté à marcher. Il saura simplement que je ne pourrai plus jamais reprendre nos randonnées à bicyclette vers l'étang ou les vignes des collines. Si je lui demande de m'accompagner jusqu'à la mer, il n'hésitera pas à me porter dans ses bras. Je suis devenu si léger. Comme avant, assis près de lui, dans la crique, je le regarderai réparer la coque d'une barque ou recoudre les mailles d'un filet. Avec lui je retrouve le mouvement du monde. Mais j'accélère le cours des choses, les floraisons et la chaleur de la terre. Je m'imagine déjà au printemps, moi qui suis si peu sûr d'y arriver. La vie m'a doté d'une bonne capacité d'illusion. Je lui en sais gré. J'ai toujours anticipé par la pensée les saisons et les rencontres. Le temps me les a accordées au moment où je les attendais. Maintenant il est plus parcimonieux. C'est tout. Il neige un peu. Rien ne bouge dans Prinseneiland. On n'entend pas le moindre écho de sirène ou de tonneau qui roule sur les quais. Pas une voix, pas un appel. On dirait qu'ils ont choisi de dormir pendant des jours. Comme j'aime ce quartier, ce silence de bateau fantôme qui gagne la haute mer. J'ai eu raison de m'y installer. Je croyais alors que c'était pour la vie.

13 décembre

Jour de bonheur. Je suis parvenu à m'installer devant mon chevalet, sans aucune aide. J'ai eu, d'abord, quelques instants d'hébétude et de panique : que tout s'arrête très vite, que la fatigue reprenne le dessus. Mais non, ça n'a pas trop tardé. J'ai recommencé à peindre. Ma main a presque retrouvé sa mobilité. Un secours du ciel. J'ai envie d'appeler mon tableau : « La clémence des jours. » Je crois que l'ocre pâle convient bien à la nudité des plaines avec juste quelques buissons rouge feu. J'ai réussi, me semble-t-il, le vert des canaux, celui plus foncé — il vire au noir — des racines à nu des arbres. Je les ai peints soulevés, comme tirés par le bleu du ciel. Trop acide, à mon avis, ce bleu, trop « été cru ». Je le voulais à la naissance de la belle saison, presque à sa lisière, dans son ombre encore. Et me voilà en pleine apogée de lumière. Il faudra l'adoucir. Mais ce qui m'inquiète, c'est cette région vierge, à droite. On dirait qu'elle détient le secret du tableau, qu'elle lui donnera son sens, s'il en a un. Je ne vois rien pour l'instant, non, vraiment rien de précis. Il faut attendre. Attendre, c'est ce que me conseillait toujours Günter, ce qu'il m'a répété avant d'embarquer pour Berlin. « Calme-toi... Ça a ses avantages, aussi, le calme... », me disait-il. Il savait que j'en étais incapable. J'étais trop fiévreux, trop instable, trop peu sûr de moi. Je me précipitais pour me rassurer. Cette obsession que tout soit achevé au plus vite, au plus pressé, qui m'a fait commettre tant d'erreurs et empêché d'être un grand peintre, à supposer que j'ai manqué, un jour, le devenir. Cette frénésie était une peur, une démission. Je découvre trop tard, comme d'habitude, qu'il faut laisser la couleur juste arriver jusqu'à soi, comme le lit d'une rivière finit par déposer à vos côtés un objet aimé qu'on a laissé se noyer plus haut. Attendre maintenant. C'est ce qu'il faudrait si j'allais bien, si les jours ne m'étaient pas comptés, si j'avais toute la vie devant moi. Mais il n'y aura pas de miracle. Je rêve d'un double de moi-même qui ait le même cerveau, les mêmes mains. Au moment où mes doigts ne bougeront plus, où mes tendons seront paralysés (ce sera le signe de la fin, le docteur Giebel me l'a confirmé), il viendrait se glisser dans ma peau, prendrait mon pinceau en me disant : ne vois-tu pas que c'est cette couleur qu'il te faut, ici, pour équilibrer ta toile ?

20 décembre

Toute la soirée, j'ai regardé bouger sur les vitres les reflets des guirlandes des sapins qu'on a illuminés sur les quais. Ils éclairent tout l'atelier. J'aime cette clarté. Elle me tient compagnie. Jane m'a téléphoné tout à l'heure pour me demander quel cadeau je désirais pour Noël. Je n'ai pas voulu la blesser en lui répondant que cela m'importait peu. J'ai inventé une ou deux babioles pour lui faire plaisir. Je n'accorde plus d'importance aux objets. On pourrait déjà tout enlever autour de moi. Seuls les voix, quelques objets m'intéressent encore. Les désirs aussi s'en vont. Je n'en ai plus qu'un, irréalisable, je le sais : c'est que quelqu'un accepte de s'étendre à mes côtés, pendant une nuit, une seule nuit. Sans le moindre contact, bien sûr. Je veillerais à me tenir à une distance respectable. J'ai trop conscience du danger que je représente. Qu'il soit un étranger, un vagabond ; j'aimerais simplement l'entendre dormir, regarder son corps nu abandonné. Il y a si longtemps qu'en me réveillant je n'ai pas posé la main dans un drap froissé à mes côtés. Mais personne n'accepterait, bien sûr. Qui consentirait à se soumettre à cette toquade de malade, à cette lubie de condamné ?

26 décembre

Volker et Jane sont venus passer la soirée de Noël avec moi. Ils sont arrivés, les bras chargés de cadeaux et de bouquets. Volker était grave, presque cérémonieux dans son smoking de velours bleu. Jane était très belle, jeune, avec des fleurs de nacre partout dans ses cheveux. Volker m'a avoué, en riant, qu'elle avait passé tout l'après-midi à les accrocher à ses mèches. Elle qui, d'habitude, n'aime pas rester plus de quelques minutes devant sa coiffeuse. Jamais elle n'a tenté d'en rajouter dans l'apparente gaieté pour me donner l'illusion que tout était comme avant. Pas de nostalgie, semblait-elle me dire à chaque regard sauf quand, après avoir bu du champagne, beaucoup de champagne, elle m'a entraîné, en me portant presque, dans une valse qui nous a rappelé des vacances en septembre dans un hôtel de la Baltique. Mais, même là, alors que nous aurions pu sombrer dans le regret du passé, elle a vite coupé court à la mélancolie en me parlant de la nouvelle vie qu'ils mènent dans leur maison de Haarlem et de mon travail. Elle a trouvé mon dernier tableau plus riche et plus dense que tous les autres. Comme si je ne m'étais jamais autant concentré sur une toile. C'était l'aube quand ils s'apprêtaient à partir. Je recommençais à avoir un peu mal. Ils m'ont aidé à me coucher et ont attendu, debout, de chaque côté du lit, que le sommeil me gagne. J'ai feint de m'endormir pour ne pas les retenir davantage. Mais j'ai deviné que Jane faisait une dernière fois le tour de l'atelier pour vérifier que tout était en ordre. Elle a fait exprès d'oublier sur le divan son petit sac de bal. Je pouvais ainsi être sûr qu'elle reviendrait le lendemain. Elle viendra jusqu'au bout, je le sais. Je l'ai aimée à ma manière, et cette manière-là, irrégulière, abrupte, lui plaît. Je me sens plus proche d'elle que je ne l'ai été d'aucun garçon dans ma vie. Elle n'a fait aucun faux pas à mon égard. Moi non plus, j'espère. De qui d'autre puis-je le dire aujourd'hui ?

3 janvier

Jane est venue passer la journée, ici. Elle avait amené du travail et s'est installée à mon bureau.

Comme avant, quand elle se sentait seule et que ses amours battaient de l'aile. Penchée sur ses fiches, elle avait l'air d'une écolière appliquée. Elle se retournait de temps en temps pour savoir si j'avais besoin de quelque chose. Je recommence à moins bien respirer, j'ai toujours une toux en réserve. Mais j'ai fait le moins possible appel à elle. Je ne voulais pas la tourmenter davantage. Avant qu'elle ne parte, je lui ai simplement demandé de classer mes papiers les plus importants et de signer, à ma place, les notes urgentes. Elle l'a fait avec un certain entrain, plaisantant sur ma vieille incapacité à m'occuper des choses matérielles. Elle a eu un seul mouvement de tristesse quand, de faiblesse, j'ai laissé tomber le verre hors du lit. Je me suis d'abord étonné qu'elle mît tant de temps à rassembler les débris sur le carrelage. Mais si elle restait agenouillée aussi longtemps, c'était pour me cacher qu'elle pleurait.

7 janvier

Voilà, j'ai enfin trouvé la couleur qui manque au tableau. Un beige rosé. De jour qui s'éteint sur les pierres du cloître de l'abbaye des Dunes. Mais je n'ai pas eu la force de me lever pour aller jusqu'au chevalet. Le fauteuil me semble si loin. Je risque de tomber en chemin. C'est devenu pour moi une très longue distance à parcourir. Comme s'il me fallait marcher jusqu'au bout d'une digue. Peut-être y parviendrai-je demain ou après-demain. Ou un autre jour. Je n'y compte pas vraiment.

11 janvier

Les guirlandes se sont éteintes sur les quais. J'entends, de mon lit, le moteur du camion qui s'apprête à les emporter. Je m'étais habitué à leur lumière. J'avais l'impression que la fête ne me tenait pas à l'écart. Le noir revient dans l'atelier. On dirait que toutes les nuits de l'hiver se rassemblent autour de moi. Elles forment un seul bois glacé. J'ai froid.

13 janvier

Cette nuit, quelqu'un est entré dans l'atelier. J'ai d'abord cru à un voleur, à l'erreur d'un voisin. Mais il avançait sans temps d'arrêt dans le noir. Il semblait trop bien connaître la disposition des meubles. J'ai su, très vite, qu'il était le jumeau idéal que j'attendais, le frère parfait qui venait me secourir. Sans rien heurter, malgré l'obscurité, il a transporté le chevalet jusqu'au bord du lit. Il m'a aidé à me redresser puis il m'a pris la main pour l'amener à la hauteur de la toile. Il m'a glissé un pinceau entre les doigts. Jamais je n'ai eu autant de facilité à peindre. Il m'a fallu à peine quelques minutes pour étendre la couleur. Quand j'ai fini, il m'a souri avec indulgence en ayant l'air de me dire : « Tu vois... Ce n'était pas plus difficile que cela... » Je ne distinguais que son sourire et son front. Il ressemblait un peu à Günter. J'aurais voulu lui exprimer ma reconnaissance, lui dire que je n'en attendais pas tant de la vie. Mais la pièce était vide, il était déjà parti.

14 janvier

Le soir tombe sur Prinseneiland. Il me semble entendre les cantiques de l'abbaye des Dunes. J'ai beau chercher dans ma mémoire, je ne me rappelle pas leurs paroles. Il ne me reste que leur musique.

17 janvier

Erwin est monté aujourd'hui. Il m'a promis de m'emmener sur son bateau, loin d'Amsterdam. Je veux revoir, une dernière fois, la neige en haute mer.

19 janvier

Volker et Jane sont passés ce matin. Je leur ai parlé de mon projet. Ils me déconseillent ce petit voyage. Ils ont peur maintenant. Je leur ai dit que je les aimais. Jane a détourné la tête.

Les pages étaient blanches, ensuite. Il y avait seulement quelques signes épars, à l'encre brune, comme si sa main, avant d'être paralysée, avait tâtonné à la recherche d'un dernier mot, un nom de couleur rêvée — celle qui lui aurait servi à peindre la fin des choses et que, toute sa vie, il avait cherchée en rôdant autour des bassins des Iles-Orientales. Je regardais, le cœur serré, l'angle de la banquette où il m'était apparu, un soir de septembre — solaire comme si, dans la pénombre du Vagabond, il portait avec lui la blondeur des chemins de Calabuig, bordés par les massifs de belles-de-nuit qu'il aimait inonder en soulevant la vanne du jardin sur les flots d'eau tiède. Toutes les guirlandes et les bouquets de perles venaient d'être retirés. Il n'y avait plus trace de la soirée de Noël. Le vieil aveugle partait seul et, selon son geste coutumier d'adieu, heurtait à trois reprises, avec le bout de sa canne, la rampe du bar. Les lumières commençaient à s'éteindre. La cloison des miroirs ne reflétait plus que la gerbe de lys et le dos voûté d'un client qui s'endormait sur le comptoir.

Je sentais qu'Auguste était las, ce soir. Ses mains tremblaient un peu sur les additions du restaurant qu'il achevait de vérifier. Ce n'était pas seulement de peine, après la disparition d'Eduardo. Quelque chose le tourmentait. Je lui proposai de l'accompagner. Il marqua un temps d'hésitation puis accepta. Quand il eut fini ses comptes — on s'étonnait toujours qu'il fût si petit, en le voyant descendre du comptoir —, je l'aidai à enfiler sa redingote prune qu'il portait depuis une vingtaine d'années. Elle lui donnait un air sévère et désuet — « ma tenue de vêpres », disait-il parfois en plaisantant. Tel le vigile d'un théâtre éteint, il faisait dans l'obscurité un dernier tour du Vagabond. Puis il ramenait l'un vers l'autre les pans du rideau et fermait la porte à double tour. Il en secouait plusieurs fois la poignée pour s'assurer qu'elle était bien close. Ses bottines vernies craquaient dans la neige. Il marchait en silence, la tête enfoncée dans le col de son manteau de manière à préserver sa permanente contre les souffles de vent froid. Arrivé à l'angle de la rue des Petits-Champs, il manqua glisser sur une dalle givrée, se retint à mon bras tout en me faisant remarquer avec dépit que L'Illusion restait ouvert de plus en plus tard. Il s'était toujours exaspéré de ce que Le Vagabond fût pour certains une simple halte sur le chemin du dancing qu'il considérait comme l'antichambre des adieux, un lieu pernicieux où se défaisaient, dans le tourbillon des danses, les couples qu'il avait vus se former devant lui.

C'était presque l'aube. Le ciel devenait un peu plus clair au-dessus de la place des Victoires. Il avait ralenti le pas comme s'il retardait le moment d'atteindre la porte de son immeuble. Puis il se retourna soudain et me dit : « Le propriétaire du Vagabond m'a téléphoné, cet après-midi... Il est arrivé à Paris... Il a demandé à voir les livres de comptes... Je les ai déposés à son hôtel... Je crois qu'il nous prépare un coup... » Ce coup, c'était lui qui semblait d'avance le recevoir en portant la main à son cœur. Comme je m'apprêtais à détourner son inquiétude, il ajouta dans un sursaut de brutalité amère : « La vieille Augustine a toujours tout deviné... Surtout le pire... » Comme s'il me transmettait en secret un mot de passe, il fit glisser dans ma main une photographie à peine fanée — celle d'un Vagabond de fête, tout entier tendu de guirlandes, de lampions et de bouquets de perles, sans qu'aucune silhouette apparût dans ce décor regorgeant de falbalas. « C'était juste avant l'inauguration de la salle de restaurant... En janvier 62... », me disait-il avec un accent de fierté triste. Il me la laissait comme une preuve de cet âge d'or qu'il savait révolu.

Sans rien ajouter, il commença à gravir l'escalier en dégrafant, à chaque marche, un bouton de sa redingote — seul comme il l'avait toujours été, sans compagnon, sans personne avec qui s'endormir derrière les fenêtres aveugles du matin d'hiver.

XI

Le lendemain, nous tournions autour de Friedrich Schmitz en une ronde de désœuvrement anxieux, cherchant quelque chose — un mot acerbe ou cocasse, un geste provocant, l'amorce d'une bagarre, fût-elle jouée — qui pût ébranler son impassibilité, troubler sa morgue lasse d'empereur de la nuit qui appuyait ses mains sur le bord de la table de l'As où il se tenait assis depuis son arrivée. Mais rien ne parvenait à animer ses lèvres froides dont nous attendions un verdict, comme d'un oracle de chair qui, à la fin de la nuit, devait se prononcer sur notre destin et celui du Vagabond. Comme me le chuchotait à nouveau Auguste, d'une voix qui trébuchait d'appréhension : « Il nous prépare un coup... J'en suis sûr... » Quand il renversait la tête en arrière avec un accent de désespoir ironique, ses cordes vocales ne formaient plus que deux arêtes osseuses au bord desquelles retombaient les ourlets de peau recouverte, par endroits, de plaques de vin exsudé.

A mesure que l'inquiétude nous gagnait, le silence se répandait dans le Vagabond. On n'essayait plus de donner le change par des rires de parade ou des joutes de plaisanteries. Les conversations s'amenuisaient et se ramenaient à des murmures de confessions accordés à la musique assourdie. Nous suivions, pour nous distraire, les étapes de la scène à la fois désemparée et affectée que René Dorman faisait à Amer. Debout, en équilibre instable sur la première marche de l'escalier du vestiaire où un seul faux pas aurait réussi à le faire basculer, il martelait, avec une régularité de métronome, la poitrine d'Amer de ses poings tellement enrobés de graisse qu'ils paraissaient pris dans des mitaines couleur chair. Il lui disait qu'il en avait assez de rester à l'attendre des journées entières avec, pour seul dérivatif, les films érotiques qu'il se projetait depuis des mois et finissait par connaître par cœur. Certes, au début, il les aimait (dans son œil droit, le seul qui ne disparût pas sous la paupière flasque, montait une lueur de concupiscence navrée), mais, maintenant, ils l'écœuraient et allaient lui donner — à force de les regarder du fond de son lit — le dégoût du plaisir.

Sa colère régulière, presque langoureuse, devenait — tant ses gestes paraissaient retardés par une sorte de souffrance désœuvrée — une imploration feinte. Ce qu'il désirait au fond, c'était qu'Amer fît preuve d'imagination dans son rôle de persécuteur et inventât d'autres supplices capables d'assouvir son besoin d'attente jalouse. Entre chaque coup qu'il lui assenait — presque voluptueux à force d'être contrôlé —, René Dorman ramenait sa mèche grisâtre en arrière tout en nous regardant de biais car il savait que nous l'observions. On aurait dit un acteur gauche filmé au ralenti dans un bout d'essai au cours duquel se diluait le maquillage rose orangé de départ. Un comédien qui, d'ailleurs, ne s'engageait pas outre mesure dans son rôle car il gardait en réserve une conscience froide — celle de rencontrer, tôt ou tard, grâce à son argent, un équivalent d'Amer. « Si tu ne changes pas, je te lâche... », répétait-il à Amer qui, continuant à sourire de dédain et d'assurance de son pouvoir inentamé, lui saisissait enfin les poings et lui en faisait battre ses propres lèvres jusqu'à ce qu'il se tût.

Personne ne se souciait d'aller fermer la porte d'entrée qu'un client, en partant, avait oublié de rabattre derrière lui. Il neigeait sur le seuil. Les flocons frôlaient le haut des miroirs et le masque de l'amour dont les yeux clos exprimaient, ce soir, une sorte de complicité endormie, d'indulgence coulée dans les traits de plâtre éteint. On entendait claquer au loin des portières de voitures — les premiers départs de L'Illusion. Il était trois heures. Je sentais qu'Auguste voulait retarder le plus longtemps possible le moment de nous séparer : il n'abaissait pas la manette qui, d'ordinaire, à cette heure, ramenait dans tout le bar une clarté sauvage — « de glacière », disait toujours Lydia qui, instantanément, se protégeait le visage de ses mains jointes. Le serveur venait d'arrêter la musique, et le silence approfondi semblait recouvrir de voiles sombres les cloisons de glaces. Profitant peut-être de ce calme de veillée d'armes, Friedrich Schmitz s'avança vers nous et, gardant le regard fixé sur la rangée de bouteilles, lança d'une voix métallique : « Le Vagabond, c'est fini... Je suis obligé de vendre... Les promoteurs viennent demain matin... »

Nous étions tellement abasourdis — Auguste murmurait comme un automate : « Ça, je ne l'aurais jamais cru... Non, jamais... » — que nous ne songions même pas à protester, à lui poser des questions sur la destinée de ce lieu aimé, si bien incorporé à nos vies que nous avions oublié qu'il ne nous appartenait pas et pourrait nous quitter un jour. Nous ne bougions pas comme pour garder aux paroles de Friedrich Schmitz leur caractère de rêve noir et laisser leurs ondes maléfiques descendre en nous, atteindre ce point névralgique commun à tous ceux qui étaient présents : la hantise du rejet, la peur de la disgrâce.

On entendait seulement l'aveugle des Ephèbes qui tentait de se lever de son fauteuil et frappait, du bout de sa canne, le paravent de laque noire puis la boîte à bijoux laissée, un soir de plaisir, par Gilles et ses amis. C'était une série de heurts, à peine perceptibles, de chagrin timide. Il me semblait que Paris tout entier se retirait loin de nous et nous lâchait en rade de l'hiver — telle une escadre triomphante abandonnant derrière elle la seule de ses galères qui aurait été touchée : elle disparaissait, sans secours, dans la brume des feux et les vagues couleur de plomb de la haute mer. Nous laissions la neige entrer. Les flocons atteignaient le bouquet de lys, les corolles des appliques rosâtres, le bord de la banquette en peluche grise, la porte de la chambre à falbalas, les niches de velours qui commençaient à blanchir autour des statues androgynes et les portraits d'adolescents campagnards qui semblaient exilés dans l'ombre d'une arrière-saison où personne ne porterait plus ses pas. Il neigeait comme sur les palissades de roseaux des Tamaris où, un soir d'hiver, dans le désert des coulisses, alors que brillaient au loin les lumières des cafés de Saint-Arnaud, le jeune serviteur de la villa de l'Administrateur m'avait tout appris, de l'amour, en m'inculquant la patience nécessaire pour repérer chez l'autre les régions du plaisir, détecter la source de sa jouissance — ce pouvait être une part infime de peau, là, à la lisière du cou ou à la naissance de l'épaule.

Je l'avais autant aimé, le siège de paille des Tamaris où je guettais son retour, que ce tabouret du Vagabond où j'étais resté assis pendant tant de nuits et que je descendais pour la dernière fois. J'y avais tout connu : l'euphorie des rencontres, l'éblouissement des moments où l'un des jeunes gens, dont la beauté paraissait inaccessible, vous donnait, en vous saisissant la main, le leurre d'être égal à eux ; le plaisir fraternel d'échanger un sourire de connivence, une adresse ou la promesse d'un rendez-vous ; la douleur des adieux, aussi, quand se perdait dans les musiques l'espoir d'un ultime mot d'amour que l'on attendait de ce compagnon déjà entraîné par d'autres bras, vers une autre vie ; et le retour des mêmes calembours, des mêmes plaisanteries intemporelles qui donnaient à chacun de nous l'illusion de n'avoir pas vieilli. Nous qui avions fini par nous ressembler, par avoir, dans la profondeur des miroirs, le même visage, à la fois fané et juvénile, harassé et épris de plaisirs, désenchanté et crédule, oui, obstinément crédule comme si nous avions cherché à nous rapprocher des enfants que nous n'avions pas eus. Nous étions pareils, tous ceux du Vagabond, sans cesse partagés entre la peur et la joie, le goût de la mascarade et la tentation du secret, l'attrait des falbalas et le besoin de sagesse. Les nuits du Vagabond nous avaient protégés car nous savions que si, un jour, il n'existait plus, nous n'aurions rien que la rue. « Qu'est-ce que tu t'imagines ?... —

m'avait dit, un jour, Christian — Nous finirons tous dans la rue... C'est notre seul domaine... »

La rue d'où arrivait maintenant, comme s'il avait deviné que tout était fini, que les cloisons du bar s'abattraient bientôt sur un terrain vague semblable à celui qui avait suivi la démolition des Ephèbes et où il s'était longtemps chauffé avec le bois d'une ancienne alcôve, le vagabond posté depuis des années à l'angle de la rue Thérèse. Nous étions passés si souvent devant lui avec un mélange de honte (réfrénant à temps nos rires et nos fariboles comme pour nous accorder à son abandon) et d'effroi fasciné car nous pressentions combien il était facile de devenir pareil à lui. Il suffisait d'abdiquer un reste de foi dans la vie et de se laisser glisser sur la pente de la rue Thérèse, d'accentuer notre besoin d'encanaillement et notre inclination pour les limbes. Il hésitait un peu sur le seuil, des flocons pris dans sa barbe. Sous le béret déformé, son regard bleu, si pâle, avait la même expression — d'imploration tendre et corrompue — que celle du portrait suspendu au-dessus du comptoir et qui semblait s'effacer dans le ciel de laque grise pour se réincarner dans cet homme auquel nous offrions une haie de nos silhouettes ébahies comme si nous assistions — dans ce silence quasi sacré d'avant l'aube — à une transmutation de l'esprit du lieu assuré de ne pas disparaître grâce à lui. Il allait s'asseoir dans le fauteuil royal et devenait à nos yeux l'emblème de nos nuits fastueuses et révolues. Nous nous rassemblions autour de lui — prêts à baiser ses pieds ou ses mains — comme une garde fidèle se réunirait autour d'un souverain exilé, attendant de sa part une parole, un geste qui nous ferait, dans un élan commun d'exaltation, reprendre les armes afin de l'aider à reconquérir son empire.

Auguste qui se penchait vers lui et amenait un verre de whisky à ses lèvres qui tremblaient encore de froid semblait chercher, en scrutant ses traits cuirassés par la poussière des pierres et des jours, à mettre un nom sur son visage impassible à force d'être flétri, à deviner son histoire, l'origine de sa chute. Et, tout doucement, comme si ce prénom remontait en lui du fond du gisement des nuits d'or, il dit : « C'est Alex !... » Il tentait de ranimer, en lissant les bords du manteau pour les délester de leur poids de souillure et de givre, avec la même délicatesse qu'il aurait mise à découdre les points d'une blessure en veillant à ne pas atteindre le centre de la plaie, l'éclat perdu de celui dont il m'avait souvent raconté qu'il avait été un des princes du Vagabond, fêté par tous dès qu'il apparaissait sur le seuil : il n'avait jamais écrasé les autres de sa beauté et, au contraire, dans une tournée générale d'amour, prenait chacun par le bras pour lui transmettre un peu de sa grâce avant de tout abdiquer — de sa jeunesse, de son intelligence solaire et de la floraison de ses dons — pour un étranger qui l'avait détruit.

Mais non, il n'avait pas été cet adolescent idéal et il secouait la tête de droite à gauche — dans une oscillation de plus en plus saccadée pour se soustraire au regard de compassion éblouie d'Auguste ; lui prouver qu'il n'était pas Alex, qu'il n'était même pas le sosie dégradé d'un garçon inconscient de sa perfection que beaucoup avaient connu et admiré ici. Non, il n'était rien qu'un pauvre homme qui demandait à rester un peu avec nous et voulait profiter des derniers souffles de chaleur et d'alcool avant qu'ils ne s'évanouissent à jamais. Ses mains s'étaient recroquevillées sur le verre. Lucrèce s'agenouillait pour embrasser ses doigts violacés, empêcher qu'ils ne se pétrifient à nouveau sous la neige comme si elle voulait protéger, à son tour, l'âme du Vagabond. Elle me paraissait flotter entre nous, cette âme du lieu dont Lydia aurait dit (mais elle se taisait là-bas, comme honteuse des scintillements de sa robe de scène qui juraient avec la pénombre de chapelle ardente du bar) qu'elle s'apprêtait à monter vers la Voie lactée, à suivre le fleuve céleste jusqu'à l'estuaire de l'abîme du sud-est où la mère des lunes et la mère des soleils se disposaient à la recueillir avant de placer en plein ciel ce cercle de miroirs et de boiseries au rouge vermeil ranimé par le voyage à travers les galaxies, à côté des loges parme des Ephèbes et des balcons dorés des cabarets de Paris que l'on croyait disparus.

Et voilà que, glissant le long des parois de glaces, comme en secret d'abord, surpris que Le Vagabond fût encore ouvert à cette heure et que, malgré la musique éteinte, les lampes rosâtres continuent à briller, revenaient ceux qui nous avaient quittés au fil des hivers, ceux que nous avions aimés — Michel Lardreau, Paul, le décorateur de la rue de Paradis, Philippe, le postier de La Villette, André Germain, l'ingénieur de Villejuif. Chacun allait vers le garçon qu'il avait préféré ici, avec lequel il avait eu une petite aventure, une passade de quelques nuits ou une liaison de tout un été. Vers moi c'était Joep qui venait, à peine fatigué d'arriver des extrémités du monde, le visage aussi tranquille que s'il avait peint, le jour entier, dans le jardin du cloître de l'abbaye des Dunes, tourné vers les sables de l'Eau Sainte, l'arche du canal des Œillets, la silhouette de Jane dans la brume des Iles-Orientales et les adolescents de Volendam alignés sur les digues de brique. Rajeuni dans son costume bleu nuit que je l'avais incité à porter lors de son premier vernissage et ses cheveux blondis comme sous le soleil d'août, à Calabuig, il revenait s'asseoir à l'angle gauche de la banquette, sous l'ancre de plâtre. Il me prenait la main par étourderie — comme il me l'avait dit la première fois, dans un rire pétillant de feinte naïveté. Eduardo laissait flotter comme avant son écharpe bleue aux rayures blanches puis reprenait sa place derrière le comptoir où il emplissait les verres à ras bord. Souple dans sa tunique qui moulait à nouveau ses épaules, il nous lançait des bouquets de violettes imaginaires avant de remettre le tourne-disque à plein volume et de nous demander à tous de danser. Non, il n'y avait pas de dernière nuit au Vagabond, pas d'aube à venir, pas d'hiver, ni neige ni soleil, ni midi ni minuit. Les vivants dansaient avec les morts ; rien ne les distinguait vraiment, à peine avaient-ils un peu plus d'ombre sur eux, une expression plus grave, eux qui s'étaient aventurés si loin, là-bas, de l'autre côté de la vie. Tels d'affectueux frères aînés, ils nous montraient le chemin à suivre, nous faisaient comprendre qu'il n'y avait rien de plus doux que de voir ses vieux remords et ses désirs non exaucés tomber en poussière sur les plaines et les villes du monde. Non, il ne fallait pas avoir peur, il suffisait, au dernier instant, de se laisser emporter comme pour une danse. Sans se soucier de qui vous entraînait, comme aux Tamaris, le soir de la fête des Orangers où les tourbillons de fleurs dérobaient le visage du partenaire et pouvaient vous conduire, en valsant, jusqu'au bord du jardin des Rois.

Friedrich Schmitz avait dû s'exaspérer de notre fronde silencieuse ; il ordonnait qu'on arrêtât la musique. Il était temps de nous en aller, criait-il. Lydia avait beau lui répliquer que non, Le Vagabond, ce n'était pas fini, qu'elle allait le transplanter chez elle, dans son propre appartement, et qu'elle donnerait bien d'autres fêtes à la Belle Espérance, nous ne faisions même pas semblant d'y croire et laissions retomber nos bras en nous séparant les uns des autres. Comme s'il voulait qu'une époque de sa vie se terminât aussi et exaucer les vœux de Sami Karim, Amer détachait la gourmette à son poignet puis la chaîne à son cou avant de les déposer dans les mains tendues de René Dorman qui soufflait à petits coups — telle une forge de larmes qui, trop rageuses, n'arrivaient pas à se former, à atteindre ses yeux qui se refermaient pour ne pas voir s'éloigner Amer dans la clarté glacée du petit matin.

Nous partions, l'un après l'autre, incapables de parler et également voûtés comme si nos épaules s'inclinaient sous le poids de toutes les nuits du Vagabond — ce monde fait de nos rires, de nos blagues d'ivresse et de nos espoirs murmurés que nous quittions pour toujours. Il n'y avait pour tout bruit qu'un dernier cliquetis du tiroir-caisse. Auguste en actionnait la manette avec une extrême lenteur pour retenir le son bondissant et allègre, cette note qui nous déchirait le cœur de son sillage d'échos clinquants. Je savais désormais que le centre que j'avais longtemps cherché à ma vie et que j'escomptais, de moins en moins, découvrir un jour, il était ici, au Vagabond. J'aurais voulu retenir dans mes bras la table de l'As, les appliques aux corolles de verre satiné, la tête de Gorgone, le masque de l'amour et les cloisons de miroirs où chacun s'était demandé, au moins une fois, en s'y regardant, s'il était encore un enfant, l'assomption d'une femme rêvée ou le reflet d'un homme inachevé. Nous savions tous que la meilleure part de notre vie s'en allait, que Le Vagabond — à nous qui nous targuions volontiers de n'avoir ni famille ni héritier et tirions une gloire sombre de rester en rade du monde — avait été notre seule maison, notre unique foyer. Celui dont nous avions plaisir à pousser la porte, après avoir entendu le déclic du loquet tiré par Felix. Comme s'il voulait être le dernier à partir, il gardait la main sur le judas refermé comme sur une paupière qui viendrait de s'abaisser à jamais.

Lydia savait jouer avec sa tristesse. Arrivée sur le trottoir, elle se penchait vers le pan vertical des miroirs extérieurs pour tenter de se recoiffer et ajuster le clip-cœur dans ses cheveux. Il n'y avait pas grand dommage pour elle, pensais-je injustement : elle aurait, dès ce soir, d'autres glaces, celles des coulisses de L'Oiseau de Nuit devant lesquelles, dans une génuflexion fiévreuse, elle s'affolerait — avant d'entrer en scène — d'un décousu sur les gueules-de-loup en satin de sa nouvelle robe, de la « mine impossible » que lui donnait un fard emprunté, de sa voix qui allait lui faire « faux bond ». Elle devinait mon appréhension secrète de la voir s'éclipser de nos vies Mais non

— me disait-elle —, elle ne s'éloignerait pas. Les dernières années, elle n'avait eu de vrai succès que parmi nous. Nous étions les seuls à la croire encore belle. Elle nous rejoindrait partout où nous irions. Elle défroissait mon écharpe, retirait un fil sur le col de mon manteau, comme s'il fallait déjà s'apprêter pour la prochaine nuit de fête. Puis elle me disait, en promenant, comme avant, sa cape de velours sur le trottoir : « Tu viendras m'attendre, chaque soir, à la sortie de L'Oiseau... Il y a encore des endroits que tu ne connais pas... qui te plairont, j'en suis sûre... »

Une poussière de neige tournait dans la rue Thérèse — ces « âmes fondues » qui, balancées par le vent, ne savaient si elles allaient rejoindre le ciel ou s'incliner vers la terre. Martín avait dû apprendre à L'Illusion que Le Vagabond fermait. Depuis le trottoir opposé, il me faisait comprendre, avec un mince sourire, qu'il ne fallait pas être triste, que nous avions connu ici des moments heureux et qu'il nous restait à raccompagner — sans émettre le moindre reproche amer — le passé au seuil de nous-mêmes. L'amour ne s'était pas tout à fait évanoui, nous pouvions — maintenant qu'étaient passés les risques des querelles irréversibles — nous promettre d'être au chevet de celui qui s'éteindrait le premier, en lui prenant la main, en lui donnant des nouvelles du monde et en apportant jusqu'au bord de son lit la rumeur de Paris. Ils devaient s'étonner de notre défilé d'ombres, ceux qui sortaient du sauna de nuit de la rue Sainte-Anne et gardaient sur leurs vêtements une odeur de crin et de pagnes trempés. Comme si, déjà, nous portions le deuil de la rue qui mourait sous nos pas, nous restions, chacun, recueillis sur la part du Vagabond que nous emportions en secret et protégions avec un soin féroce. Nous refusions de voir le signe que nous adressait Felix — de tous nous rassembler autour d'une table du Royal-Opéra dont la porte tambour scintillait sous une échappée de soleil — comme si nous redoutions de constater que nous n'avions pas la même mémoire de ce que nous avions aimé ensemble.

Auguste s'apprêtait à tourner le coin de la rue — si frêle dans sa redingote et son foulard noir qu'il ramenait à mi-tête à la manière d'une mantille. Il était le plus seul d'entre nous, le plus âgé aussi. Que ferait-il désormais de ses nuits et de la science qu'il en avait ? Lui qui, d'un clin d'œil amical ou désapprobateur, d'un sourire complice ou narquois, encourageait ou cassait les amours naissantes ; lui qui s'était plu à manœuvrer les sentiments des autres, à contrôler leurs émois et les aléas de leurs désirs — faute de les vivre encore lui-même. Oui, il était le plus démuni de nous tous, personne ne l'avait pris sur son cœur ou raccompagné depuis tant d'années. Il ne connaîtrait même plus le contact (il avait pourtant appris à s'en contenter, cela lui tenait lieu de jouissance) des doigts qui lui tendaient les billets et lui donnaient, en s'attardant parfois sur sa peau, l'illusion d'une caresse ou d'une avance. Peut-être finirait-il par renoncer à sa permanente puisqu'il ne se rendait chez son coiffeur du passage Choiseul que pour rester « correct », « faire honneur » au Vagabond — c'était sa loi, son élégance. Il irait, au cours de la journée, passer une heure ou deux dans la boutique de Jeannette et l'aiderait à étiqueter ou ranger les souliers sur les étagères. Il s'attarderait chez la teinturière de la rue Louvois, s'excusant — quand on l'apercevait et lui adressait un signe — des verres qui s'alignaient sur le comptoir bleu outremer. Et puis, avant même que la nuit tombe, il remonterait dans sa chambre mansardée et, assis au bord du lit, étonné de son propre désœuvrement, se reprochant sans doute de n'avoir pas su voir venir le jour où Le Vagabond disparaîtrait, il écouterait la note du tiroir-caisse, de plus en plus ténue et cristalline. Un écho à chaque battement de son cœur qui s'arrêterait la nuit où il ne l'entendrait plus, ce son limpide traversant la rumeur des rires et des voix de ses petits vagabonds qui ne l'avaient jamais embrassé, mais qu'il avait aimés sans faire de préféré, sans rien en attendre en retour, sans autre espérance que d'être appelé — avec une reconnaissance et un respect attendris — « la Augustine ».

Lydia me criait de lever les yeux vers le balcon en rotonde, à l'angle de l'avenue de l'Opéra. Le vieil aveugle avait arraché les carrés de soie noire aux vitres de la baie grande ouverte ; on l'entendait maudire les dieux de plâtre, les insulter en s'égosillant comme s'il voulait les punir de nous avoir abandonnés, de ne s'être pas contentés de la disparition des Ephèbes. Il les frappait du bord de sa canne, ces divinités de stuc qui perdaient leurs flambeaux sous les coups répétés. Il déchirait leurs torses couleur de soleil éteint en y enfonçant la pointe de fer et fouillait leurs poitrines comme à la recherche d'un cœur enfoui dans les ténèbres de la carcasse de stuc, cet organe palpitant de la beauté à laquelle il avait voué sa vie et dont il ne se résignait pas à être exilé. Errant dans les décombres d'un Olympe saccagé et foulant au pied les membres fracassés, il s'asphyxiait des nuages de plâtre et de poussière qui descendaient vers la rue Thérèse et étendaient sur la blancheur de la neige l'ombre granuleuse du massacre des dieux. C'était le dernier spectacle qui nous était offert, l'ultime parade d'hiver.

Sous le ciel redevenu bleu, miroitait la plume rousse du chapeau de Christian qui hélait un taxi à l'angle du Royal-Opéra. Peut-être ne reviendrait-il plus à Paris, sauf pour tenter d'y revendre son paysage de Maillol. Il irait voir de plus en plus souvent Lucie à Sainte-Colombe et l'aiderait à installer, dans le jardin du presbytère, les colonnes de cuivre destinées à exorciser les mauvaises ondes. Il avait tant de fois veillé — et réussi — à les éloigner de ma vie. Avant de monter dans la voiture, il m'adressait un signe d'adieu puis me montrait la poche droite de mon manteau. Grâce à lui, je me rappelais que j'y avais gardé le cahier de Joep dont la couverture de papier avait pris la couleur des eaux reposant dans les bassins des Iles-Orientales.

« J'anticipe les saisons, les floraisons et la chaleur de la terre... », écrivait Joep. Il semblait me transmettre sa vie, son désir d'aller vers là où le printemps était déjà, vers la mer et les collines d'oliviers, qu'il aurait revus si, un soir, il n'était pas revenu, glacé, du canal des Œillets. C'était lui qui, à voix basse, m'incitait à ne plus me retourner vers la rue Thérèse et à partir vers le Relais, la vieille maison corse que devaient encercler les amas de ronces et les flots d'herbes blondes. J'en serai le dernier habitant, l'ultime gardien. Du balcon, je verrai, une nuit de la mi-août, les bouquets de Perséides qui pleuvront sur le monde, chacune des âmes filantes se rappelant à notre souvenir, il y en avait tant maintenant à qui adresser un vœu. Je dirai leur nom au petit Baptiste qui s'étonnerait — avec son visage rayonnant de malice et la tendresse grave de son regard entre deux facéties — de cette multitude d'étoiles illuminant les bois et le cirque de Vero. Avant de repartir vers la maison de son père, au domaine des ruches, il voudra que j'ouvre devant lui la boîte à musique où, sur fond de ciel bouffant — la soie se plisse avec le temps — un funambule avance sur un fil de satin blanc. Il préfère garder les yeux fixés sur le minuscule miroir placé en dessous : c'est là qu'il suit les saccades inversées des bras de l'acrobate dont le paletot brodé d'or commence à s'effranger. Après que se seront égrenées les notes de la valse hongroise, il partira en trombe à travers les étendues de marguerites sauvages qui ont envahi les pentes des anciens vergers et se laissera rouler jusqu'au bleu des rives de chardons du ruisseau bouillonnant à la fonte des neiges. Les peupliers me déroberont, un instant, sa silhouette et cette éclipse suffira pour m'inquiéter, me donner l'illusion d'une paternité passagère.

Déjà Paris se retire. Ils me semblent loin, les scintillements gris de la Seine, les chevaux ailés du pont Alexandre-III, les bancs du square Louvois et le clair-obscur de conspiration régnant dans le passage des Panoramas juste avant la pluie. Là-bas, je retrouverai l'ordre des saisons, la méthode des nuages et la prévision des ciels, le crépitement jaune de l'été et le rouge de l'automne. J'irai m'asseoir dans le jardin de la villa de Gracieuse qui continue à broder les trèfles de l'île de Malte sur la tapisserie murale qu'elle destine au couvent des sœurs de la Miséricorde. Le soir, quand les bicyclettes s'éclairent dans le chemin des bergeries, elle amène sur la place du village le fauteuil de théâtre où s'assoit le vieux Sébastien qui, presque aveugle, joue à la guitare d'anciennes ballades, son chapeau posé sur le sol couleur de lave éteinte. Les colombes s'endorment dans les pins autour du Christ qui perd, avec les années, les perles de larmes sur son visage de bois pâle gagné par une volupté de pardon.

Dans le wagon de la micheline abandonnée où, les après-midi de feux ou d'orages, se réfugient les tourterelles de la forêt, l'ancien garde-barrière interprète à l'harmonica les airs que l'on jouait déjà aux Tamaris, le soir de la fête des Orangers. Il suffira que je réécoute la flânerie des notes dans le silence de cloître de la vallée pour que remontent du fond de l'enfance — d'une part de terrasse et d'un cahier ouvert à l'ombre d'un auvent d'ardoise — la vieille démence, la joie poignante d'écrire, cette jubilation de compassion et de cruauté mêlées, ce leurre de clarté qui nous laisse croire que l'on voit tout — des terres et des eaux, des cœurs et des sources —, cette tendre abdication devant le monde qui — alors que se forment autour de soi les dunes des souvenirs adoucis — ne connaît bientôt ni soir ni matin, ni midi ni aurore. Appelé par la clarté complice de la lampe, je les entendrai à peine traverser, dans un va-et-vient affairé et discret, la grande pièce du Relais comme si, en sortant les falbalas des cartons d'hiver, ils préparaient en secret une fête pour un invité, un vagabond qui monterait le chemin de glaise sèche, guidé par le seul halo de la Voie lactée. Entre deux accrochages de guirlandes et d'ampoules autour des glaces, ils viendront me souffler leur désir de ne pas être oubliés, de compter encore un peu. Je le leur promettrai, et ce lien fraternel à travers les saisons et les années me tiendra lieu d'amour.

DU MÊME AUTEUR

MALLARMÉ, *essai* (Hatier, 1974).

LA MÉMOIRE BRÛLÉE, *roman* (Le Seuil, 1979).

LALIBELA OU LA MORT NOMADE, *roman* (Ramsay, 1981).

L'HEURE DES ADIEUX, *roman* (Le Seuil, 1985. Prix littéraire des radios libres).

LE PASSAGE DES PRINCES, *roman* (Ramsay, 1988. Prix Lucien Tisserand de l'Académie française).

LES QUARTIERS D'HIVER, *roman* (Gallimard, 1990. Prix Médicis).

Impression Bussière à Saint-Amand (Cher),
le 23 octobre 1992.
Dépôt légal : octobre 1992.
Numéro d'imprimeur : 2535.
ISBN 2-07-038561-2./Imprimé en France.

57580